柳家花緑
特選まくら集

多弁症のおかげです！

柳家花緑［著］

竹書房文庫

SONY

目次

まえがき　まくらのまくら

この度は、私のまくら集をお買い求め（或いはお立ち読み）くださり誠にありがとうございます！

今まで色んな本を出版させていただいておりますが、この本は特別です。個人的には相当嬉しいことになっております！　というのも、私は九歳から落語を始め中学校卒業と同時に前座。そして二年半後に二つ目。そこから四年半後の二十二歳で真打に昇進させていただきました。

その頃の私はまくらが苦手でした。特に十代の頃のまくらの〝つまらなさ〟といったらありませんでした。お客様を温めてから本題に入らなければいけないのに、スッカリ冷え切ってからの長屋が登場する訳です。熊さん八っつぁんも寒さで喋りが空回りし、大家もご隠居も風邪を引きそうな勢いです。これではいけないと勉強会でまくらを鍛えよう！　なんて逆にベラベラと多弁症全開になり、気が付けば開演してから、まくらだけで四～五〇分が経っていたなんてことはザラで、そこからの「四席申し上げます」って、これはお客様への拷問かっ！　とツッコミを入れたくなるようなことをたくさんして参りました。

そのお客様の中から〝つまらないまくらを喋る芸人撲滅キャンペーン〟やら〝被害者の会〟などが発足されることはなかったんですが、こちらと致しましても謝罪会見を開く計画もないままに走り続けて参りました。ですが、私にはこれが必要な経験となり、何度も何度もその〝つたないまくら〟を重ねて来たおかげで、この度の〝まくら集出版〟という快挙を成し遂げたのであります。実に感慨深い。昔の自分に教えてあげたい。その為にタイムマシンを作りたい！　そんな心境です。どうぞお終いまで読み進めてくださいますようお願い申し上げ、次回は生の花緑の〝多弁症まくら〟を目撃していただきたいと思います。

編集してくださいました竹書房の加藤威史さん、いつもありがとうございます。そして「あとがき」をお書きくださったサンキュータツオさんにもこの場をお借りして御礼申し上げます。そして何よりこの本をお手に取ってくださったご縁のある貴方に深く感謝申し上げます。

柳家花緑

編集部よりのおことわり

◆本書は「まくら」を書籍にするにあたり、文章としての読みやすさを考慮して、全編にわたり新たに加筆修正いたしました。

◆本書に登場する実在する人物名・団体名については、著者・柳家花緑に確認の上、一部を編集部の責任において修正しております。予めご了承ください。

◆本書の中で使用される言葉の中には、今日の人権擁護の見地に照らして不当・不適切と思われる語句や表現が用いられている箇所がございますが、差別を助長する意図を以て使用された表現ではないこと、また、古典落語の演者である柳家花緑の世界観及び伝統芸能のオリジナル性を活写する上で、これらの言葉の使用は認めざるをえなかったことを鑑みて、一部を編集部の責任において改めるにとどめております。

熱中症騒動記

二〇二二年九月五日　紀伊國屋サザンシアター
柳家花緑独演会 花緑ごのみ Vol.29『つる』のまくらより

え〜、皆さん、こんばんは。

（客席　……こんばんは?）

……半端なご挨拶をありがとうございます（笑）。ようこそお越しいただきました。独演会なんですが、まあ、このサザンシアターさんも建って相当経ちますすんで、「皆さんご存じだろう」と勝手に思って演るんですけどね。いかんせん今までの独演会を紀伊國屋ホールのほうで演っていたので、何人かは、あっちに行ってから、「あっ、こっちだった」と言って（笑）、お越しになる方がいらっしゃるんじゃないかってね?ちょっと心配もあり……。

で、何となくこっから見ていると、何となく空いている席が、まだそっちから……（笑）、で、急げば急ぐほど、あの、前の高島屋で迷っちゃって（笑）、なかなかこっちに来られないって方がいらっしゃるんじゃないかって、想像しておりまして……。入ってきたら気の毒ですから、皆で指さして笑いたいと思います（笑）。ウソです。

そんなことは、しちゃいけませんので、隣の人が遅れて来た人に、その間に何を喋っていたかを、教えていただければありがたいなぁと思います。

まあ、いずれにしてもですね、秋といいながらも、まだ夏ですね、本当にねぇ。今日も最高気温が三十四度とかですから、何となくまだまだ夏だっていう感じのときに演る会でございますんでね。お客様も何となくこっから見てると、「あ〜、もう、疲れたぁ」みたいな感じが既に（笑）、ないこともない訳でございますが……。

まぁ、この会はとにかくわたくしがネタ下ろしであったり、久しぶりの噺であったり、いろいろチャレンジをする会ということで、演らせていただいておりますが……。今日はプログラムに書きました演目を演ってみようということで、お集まりいただきました。

……はい、いらっしゃいませ。ちょうど、遅れた方が（爆笑）、……はい、いらっしゃいませ。……サザンシアターはここでございますからね（笑）、間違いなく。ありがとうございます。はい、ようこそお越しいただきました。

ですからね、もう夏も確かに危機的状況でありましたね。まぁ、なんだかんだ言いながら、あのう、節電っていうんですか、ねえ、したような、しないような感じで、電力は間に合ってしまったんですね。ドコモの携帯電話はわざわざお知らせが来るんですよ。

「ただ今、東京の電力、九〇パーセントの電力使用です」

みたいなね。毎日のように来てましたけど、それ以上のニュースはありませんでしたね（笑）。

「危ない！　危ない！」

とかね、

「もう九九パーセントです」

とか、そういうことはなく、「うん、足りたんだなぁ」という感じですが……、誰かが、ぐっと抑えてくれてたんですかね、どっかでね。使うべき電源を使わなかったりしてくれたお陰なんでしょうか？　元々足りてたんでしょうか？

ただ、水のほうは今ね、不足しているんでしょう？　ダムの水が随分なくなっちゃっても、あんまり危機的に煽ってないですね。テレビで、底のほうのちょびっとの水しか見せていないのに、特に何のニュースも流していないんですね。だって、節水している人います？　……（笑）、ほら、誰も答えようがないでしょう？　これね（爆笑）。まあ、だから、別に皆さんに問いかけてもねぇ、また、節水をしている方もいらっしゃるかも知れませんが、まぁ。そんな状況ですよ、ええ。

熱中症って人も随分今年はいたでしょう？　調べたら四万人近くは、この夏でいたって話ですよ。一週間単位の棒グラフみたいのを見たら、一番多かったのは、七月の下旬から八月の上旬ですかね。でも、その先駆けっていうのがあるんですよ。割とこのときからぁ――みたいなねぇ。この週から熱中症になりましたぁ――みたいな、ええ（笑）。今日はねぇ、突然告白をするようですけどね、その時期、わたしも実は熱中症で倒れたんですよ（……笑）。もう今は元気だから喋ってもいいでしょう、この話はね、七月のね、十六日でしたよ。月曜日。あの日、ぼくは、熱中症で倒れました……。で、だから、その次の日のニュースですかね、その日の夜のニュースですかね、「今日、千人近く運ばれました」の内の一人です、ぼくは（笑）。運ばれたんですよ、救急車に乗って。

病院に行きました。まぁ、どの病院に行ったかは、ちょっと伏せますよ（笑）。もうね、あまりにも、こう、不特定多数の皆さんのいるところで、あんまりそういうことを言わないほうがいいと……、わたしも大人になりましたね（笑）。もう四十一になればいろいろありますから、しがらみも。だから、どういうときに倒れたかって話を聞いてもらいたいんです。

昨日もやっていましたけど、テレビ番組の『開運！なんでも鑑定団』で、わたし、出張鑑定の司会を今、演らせてもらっているんですよ。昨日もちょうどオンエアになってました。生まれて初めてあんな大きな蝶ネクタイをしたんですけど（笑）、お陰で、わたしは相当小顔に見えているんです（笑）。実際も、結構小顔ですけどね、ええ。

今年の三月ぐらいからやっていますから、もう、七、八か所、出張鑑定で回りましたよ。で、その日は、初めて、わたしにとってですよ、わたしにとって初めての、東京での出張鑑定の収録なんですよ。もう、殆ど出張じゃない訳、だから（笑）。そうですよね、東京ですから。大手町のね、逓信総合博物館という、何かこの通信関係の博物館がありますね。で、古くは切手とか、そういったものから扱っているんですよ。そこで、切手とコインの大会があったんですよ。切手とコインだけの出張鑑定ですよ。で、先生に二人のプロをお呼びして、その逓信総合博物館の地下のホールで、わたしと青木直子さんというアシスタントの女性と一緒に演る訳ですよ。

で、もう、客席は、切手とかコインのマニアが、うじゃうじゃ来てる訳ですよ（笑）、オタクの人たちが集まるという……、とても健全な客席でありました（笑）。

その日は、もう七月の十六日ですから、結構、暑くなり始めの頃ですからね。何となく、ちょっと軽い頭痛がしていたんですよ。でも、そんなものはね。どうってことはないと、ぼくは思っていました。あのコーナーは、番組では二〇分ぐらいで終わってますけど、実は二時間収録しているんですね。ドンドン編集されるんで、だから、収録も二〇分でいいじゃないかと思うんですけれども（笑）、そうはいかないんですね。一番前に依頼人がいて、ドンドン次々依頼品を開けて、その人の個人的なことから、この依頼人が持ってきた依頼品に対する思い入れなんかもたっぷり訊きます。道具の出し入れもあったり、先生が鑑定する時間もあるから、どうしても二時間になるんですね。

で、それを全部回しているのが、わたしなんです。あれ結構大変なんですよ。テレビでは大変さがあまり伝わっておりませんが（笑）、是非一度ね、生でご覧いただきたい（笑）、「よく喋るね、この人は？」って印象が変わると思います。ハッキリ言って独演会ですよ、あれ（笑）。独演会と変わらないんですから、……喋っている量が。よく喋るんですよ。で、ベラベラベラベラ喋って、まぁ、いいところだけをテレビでは、放送しておりますけれど……。

その収録で、ぼくは、後に倒れるんですけれども（……笑）。スタッフが気を遣ってね、依頼人の一人目と二人目の間に、紙コップでお茶を持ってきてくれたんですよ。いつもはそんなことをしないんですよ。ただ、やっぱり、夏も始まっているし、暑いからね、水分補給したほうがいいんじゃないかっていう、気の利いているスタッフで女性の方がいて、だからいつもはないんですよ。本当に途中お茶なんか出してこないんだけども、その日は気を遣ってくれたのに、わたしがそれを断ったんですよ。

「いや、要らないから」

って、つい言って。ここからがね、もう、不幸の始まりな訳（笑）。そこで飲んどきゃよかったの、そのお茶を。でも何となくこっちはリズムで演っているから、

「いやぁ、大丈夫。大丈夫」

って、言って。その厚意を返しちゃったんですよ。で、一人目、二人目、三人目、四人目、依頼人がドンドンドンドン来て、で、六人やりますから、最後の六人目をステージに上げて話を訊いている途中から、ちょっとね……、さぁーっと貧血っぽいようになってきたんですよ。

「あれ？」

っと、

「あれ、これちょっと、貧血っぽいなぁ」

と、思って。気持ち悪いような感じとかが始まってきちゃって、そのときにどういう状態だったかっていうと、もう依頼人の鑑定が済んで鑑定士の方が切手についての蘊蓄を、長ぁーくお話していて（笑）、だからその先生の蘊蓄に中毒ったと思ったんですね、ぼくはね（爆笑）。あまりに話が長いから……。

「早くしろよ」

って、頭の中で誰かが言ってるんですよ。ズキズキとね。そして、番組的には、も

う、六人の依頼人が全部終わっちゃえば、あと手を振って、

「さようなら～」

　なんですよ。ですけど、実は、その会場だけのイベントってのが、もう一つあるんです。それは放送にはならない部分で、その日のＭＶＰってのを毎回発表するんですよ。ＭＶＰってのは、六人から選ぶんですけれども、それは値段の高かった人、安かった人というくくりではなくって、つまりね、その日一番会場を盛り上げた人、必ずいるんですよね。

「何百万だぁ！」

　って、言ってて、一万円とか（爆笑）、なんか凄く金額が下がって、可哀想を絵に描いたみたいな（笑）、その人を見てれば、皆、元気で生きられるみたいな人がいるんですよ（爆笑）。そうでしょう？　これ以上の不幸はないなぁっていう。そういう人に大体、そのＭＶＰの賞品が行くんですよ。その賞品っていうのは、石坂浩二さんがお描きになった絵を額に入れて、直筆のサインがしてあるってものを、毎回差し上げている。これはもう放送にはならない。ぼくは気持ち悪いですから、早めに何とか終わって、

「さようなら」

　って、最後、カメラが引きになるとね、

みたいなナレーションが入って終わる。長回しでいつまでもぼくは長く手を振っているんですよ。もう、このときはギリギリ（笑）。で、終わった途端に、ぼくは、「ああ、よかった」と思って、初めてアシスタントの青木直子さんに、

「ちょっと、ぼく、実は、今、気持ち悪くて……」

って、言ったら、

「大丈夫ですか？」

って、声をかけてもらった。袖にあるお茶を、ガァーっと飲んで、楽屋へ帰った。で、ちょっと休めばよくなるかと思ったんですよ。だけど、あんまり気持ち悪いのが収まらなくて……。で、アシスタントの青木直子さんは帰って、で、先生方二人はね、VTRの紹介シーンを撮るっていうんで、もう、楽屋には戻ってこなくて別室に行っちゃっている。あのプロデューサーの竹野さんという人と、ぼくと、マネージャーがいたんですよ。で、マネージャーがいるのは当然かと思うかも知れませんが、実はマネージャーも現場を生で見たのは初めてなんですよ。今まで番組は全部地方へ行ってて、要するに地方にマネージャーが一緒に来るってことは、一人分の交通費がかかるでしょう（……笑）？ それは番組は出しませんってことなの（爆笑）。

「自腹でどうぞ」

って、言うと、マネージャーも、

「行きません」（笑）

いつもわたしが一人で行って、別に弟子の付き人も誰もいないで演ってます。だから、マネージャーも東京で演るんで、初めてですよ、ウチの事務所の社長と、あと、担当マネージャーと、二人。で、「ぼくは、気持ち悪いんだ」って話をしたら、逓信総合博物館の楽屋として使わせていただいた四階にある応接間、並んでいる椅子をベッドにして寝かしてもらったんですよ。で、寝ている間、ウチの事務所の社長がですよ、その鑑定団のプロデューサーと実は以前同じ会社にいたっていうんですよ。たまたま知らなくてお互い、

「あらぁー！」

なんて、言って（笑）。で、ぼくが寝ている間、ずっと思い出話を、「あの人はどうしてる？　この人はどうしてる？」って（爆笑）、……これはこれで逆によかったんですよ。マネージャーや社長も退屈せず、わたしが寝てて回復するのを待っていてくれて。三〇分ぐらい寝てました、わたし。で、「もう、いいだろう」と思って、起き上がって、

「大丈夫ですか？　花緑さん」

なんて、

「ええ、大丈夫です」

って、言って、帰ろうと思って四階ですから、エレベーター一階に下りるまでの間に、また、サァーっと、さっき以上に気持ちが悪くなったので、そのまんま、また四階のボタンを押して、また上がっていって（笑）。

「すいません、また、寝かしてください」（笑）

って、向こうのプロデューサーもびっくりしちゃって、「また、戻ってきた」って、今度はどうも本格的にヤバいらしいってことが、皆に伝わったんでしょうね。もう、それだけじゃ済まない。そこの番組スタッフも皆来て、「こりゃぁ、大変だ」ってなって、もし重症だと死んだりするんですね。放っといちゃいけないんですってね。放っておきゃ、その内どうにかなるって、野良犬みたいな、そういうもんじゃないらしいですね（爆笑）。

「寝かしとけ」

みたいなもんじゃない。それから電話して、救急車を呼ぶ。もう、大変ですよ、こういうときは。気を遣いますから。ニュースになったりするといけませんからね。もう、内緒で逓信総合博物館の裏から来てもらおうとか、電話で話してましたよ。「どういう状況で?」って言われたんでしょうね。

「あの、番組の収録をしておりまして、ええ、多分熱中症だと思うんですけど……」

で、考えたらね、ぼくは蝶ネクタイを締めて、タキシードを着ているんですよ。で、タキシードは、冬服なんですよ（爆笑）。……汗が、もの凄いことになってて。でも、その日はまだ室内ですから、涼しいほうなんですよ。厚い冬服のタキシードを着て、腰には何とかベルトって、何かひらひらの付いた黒いのもまとってますから、隙がないんですね。ずぅーっと長ズボンで、長いシャツで、ネクタイがこんなですから、ね? 風の入る余地がない訳。

で、そんな状況を電話で説明したら、訊かれたんでしょうね、救急隊員にね、「生きてるのか?」と（爆笑）。

「死んでんじゃないか?」

って、言われたから、スタッフが、

「いえ、生きています。ええ、生きております」

って、これが可笑しい。ぼくのすぐ横で（爆笑）、一所懸命、安否確認しているんですよ（笑）。ぼくも、横になりながら、おもしれえこと言ってんなぁ。生きているよ、ぼくはと、思いながらね。

で、ピーポーパーポーって、音が聞こえると。（おれのお迎えが来たなぁ）って、思ってね（笑）。それで、救急隊員が来ましたよ、

「お名前、言えますか？」

「小林九です。芸名、柳家花緑です」

「乗れますか？」

って、訊いてきたんだけど、ぼく本当に気持ちが悪くなって動けない。その長いベッド（ストレッチャー）に乗せられて、廊下をガラガラって……、天井がドンドンドンドン行くのが見えて（笑）。で、行きには乗らなかった裏のエレベーターにガーンと入ったら、ストレッチャーが長いから扉が閉まらない。あれ凄いですね、あのベッドっていうのはね、状態を起こして立っているような形にもなれるのね（笑）。凄い優れモノなんですよ。ちょっと立ったまま寝てるような感じになって（爆笑）。エレベーターを、こんな微妙な体勢のまま（笑）、一階まで下りて、また、横になって、ガラガラガラってね。ガッチャンって、（救急車の）中に乗って、で、社長とマネージャー二人が乗り込んだ。

で、二人が、

「エヘッ、救急車なんて、乗るの初めて!!」

って、もの凄く浮かれていて（爆笑）。どんだけ陽気な事務所なんだ、ウチは（笑）？それを寝ながら、「おもしれえなぁ」と思いながら、「はしゃいでいるよ、二人は」と思ってね。Vサインで写真撮っちゃおうと思ったんですけど、まさか、それはせずにね。

で、どこへ連れていかれるか？　ぼくはよく分かっていないんです。もう、気持ち悪いですから。どっか、その近くの病院に、ええ、行ったんでしょう。で、どういうところに入るのかもよく分かっていないんです、病室も。そしたらね、あれ、結果的に、あれは病室っていうんじゃないですね。看護師さんとかがいる部屋っていうのが、救急の本当にそういう部屋があるんでしょう？　なんていうところなんでしょう？　ぼくも何室だかよく分かりません。入り口にほど近いところですよ。ドンドン、その救急の人が来るような、だから、病室ではないんですよね、といっても診察室でもない感じ。ええ、だから、横で看護師さんとかがね、書きものとかしていますよ。なんかこうパソコンとかいじったりなんかして。で、なんかこう打ち合わせとかね、そこでやっているんですよ。

「どうする？　その人。待ってもらえる？」

「こっちの人、先に入れれば」

「いや、『待つ』って言っているからさぁ、こっち先でいいんじゃない？」

「ああ、そうかぁ」

って、凄い裏の話が丸聞こえなんですよ（笑）。うん、だから楽屋ですね。で、楽屋の皆がいる脇にベッドがあって、そこに寝かせられているんですよ、ぼくは（笑）。

で、それで、先ずね、どうするかって、まぁ、いろいろ訊かれて、答えて、で、採血です。血を採ろうということになって、で、こうやって、ねぇ。で、ぼくは結構ね、そういうのあまり怖がらない人間ですよ。人間ドックなんかで、血を採ったりするのも慣れていますからね。で、血を採った後にまた、こう、針をぶっ刺して点滴を入れようということになったときに、まあ、看護師さんですかね、長い白衣を着てマスクはしておりましたけど、何となく見目麗（みめうるわ）しそうな感じの女（ひと）でしたよ。で、その方が、そのもう一回ぶっ刺す訳ですね。この点滴用の、……これが、痛かったの（笑）！　もう、ぼく大人になってね、あんなに痛い思いをするとは思いませんでしたよ。もう、だから、どうかすると、熱中症の中でその部分が一番ぼくにとってハードなことだったんじゃないか？

「痛て、ててて」

って、思って、それでも、わたしも、四十一の大人ですからね、

「痛い！　痛い！　痛い！」

なんて、言わないんですよ（笑）。もう、すっごい我慢した訳。

「(悶え苦しんで)ウイッ！　ケ、カッタァァ！　ホイガッタ、ホイガッタァ！　ホイガッタァグゥ～、グワァゥ」(笑)

って、このぐらいですよ(笑)。我慢したの。あれ、どういうものですかね、やっぱりグッと逆に締めちゃうと、余計に入らないんでしょう？　そこを無理に押して入れてこようとする訳(爆笑)。

で、ぼくがあんまり痛がっているんで、そのときに訊かれたんです。

「痛いですか？」

って(……笑)。人間ってそういうときによく訊けますよね(笑)。こんなに痛がっている男を目の前にして。ぼくもう、その時点で既に面白で、「これ、いつか喋るぞ」って思っていたんです(爆笑)。で、こんなに痛がっていますからねぇ、

「痛いんじゃないんですか、そりゃぁ！」

って、思わずこう言っちゃったんです、ぼくね(笑)。ぼくも可笑しいですよ。そのあとですよ、面白かったのは。あのね、すぐこっちに、そのまぁ何て言うんですか、壁にパソコンがあったりレントゲンをこうやって入れるようなね、こう、ピカピカ光ったりする機械があったりする先生の机がある訳。で、男の先生が、まぁ、トレンディドラマで言ったら、江口洋介みたいな感じ(笑)、いるんです、背の高いね、病院で「こ

の先生、イイ男よ」みたいな。そういう人がいる背中のところに、その看護師さんがスゥーっと寄っていって、

「（甘えた声で）先生ぇぇん、『痛い』って言うんですぅ」（爆笑・拍手）

って、完璧な猫撫で声ですよ（笑）。もう、これ以上ないほど、「猫ね。あんたは」っていうね（笑）、もうネチーっと、嫌らしい感じに……（笑）。病院の裏側がね、もの凄い展開されている訳（笑）。したら、その男の先生が、あのキャスター付きの椅子ですよ、クルクルクルってそのまま、ぼくのほうへ滑ってきて、クルって向いて、

「（ダンディな声で）小林さん、我慢してくださいよ～」（爆笑・拍手）

って。え――ッ!!　……もの凄く我慢したんです、ぼくは（笑）。

「……は、はい」

って、何も言えませんでしたよ。それでも刺して、点滴を打ってもらって。そっからぼくねぇ、一時間半ぐらい、寝てました。

で、目が覚めてきて、そのメインである主任の先生、男性の先生に……、そのあとですよ、また凄いことをされたんだ、ぼくは（笑）。

「どうですか？」

なんて、大分確かによくなったんで、

「大分、よくなりました」

って、言ったら、点滴はまだ五分の一ぐらい残っていたのね。で、ぼくは素人だから分かりません、その五分の一の量ってのが、どのくらいの時間で下り切るのか？　で、何か、点滴の袋の下に、こうあって、点滴のスピードを調整するものが付いていて、ここね。点滴の落下が、テン……、テン……、テン……ぐらいになっていて、こう管が繋がれているでしょう。それをね、

「うん、ちょっと、早めましょうか」

って。テンテンテンテンぐらいにしたんですよ（爆笑）。あれ、いいの？　そんなことをして。（おぉぉぉぉ）っと思って。

「うん、ちょっと、早めましょう」

なんて、言って。その結果どうなったかっていうと、動悸がドンドン激しくなって、ぼく（爆笑）。また、頭が痛くなってきて、それで、

「どうですか？」

って言われて、「我慢しろ」って言われたから、我慢しましたよ、ぼく（笑）。

「（笑顔、凍り付いて）はい、大丈夫です」

って（笑）。そのときに、さっき「先生ぇ」って、猫撫で声の女が（笑）、一時間半ぶ

りにまた来て、ぼくに訊いたんです。

「如何ですか?」

って、ね。だから、ぼく、我慢しなきゃいけないと思ったから、

「ええ、大丈夫です」

って、もの凄く大丈夫じゃない顔で言った訳、それを（笑）。

「大丈夫です」

って。そうしたら、

「ああ、そうですか」

って、疑りもなくどっかに行っちゃって（笑）。こっちも、「もう、しょうがない」と思ってね、その楽屋みたいな裏にいるから、邪魔なんでしょう。早く帰ったほうがいいってことなんでしょう。もう点滴（これ）早く下り切るまで。ただ、もの凄い心臓を圧迫されますね、あれね。テンテンテンテンって（笑）。三倍速みたいに、こうなると、点滴がドンドンドキドキいっぱい入ってくる訳です。で、それを、やっとこなして、

「ああ、なくなりました」

なんて、言って。

「はい、ご苦労さんでした」

なんて言ってね。それで出ていって、帰って来たんですよ（……笑）。いやぁ、だから、本当に凄い病院でしたね、あの、○○○○病院は（爆笑・拍手）。あれ、凄かったなぁ（拍手）。

ええ、一席申し上げたいなぁと、思う訳でございますけれどね。

『つる』へ続く

ラッキーの作り方

二〇一三年九月七日　イイノホール
柳家花緑独演会 花緑ごのみ Vol.30『ラッキーの作り方』より

え〜、ようこそお越しいただきました。イイノホールでの独演会というのは、今回が初めてなんですね。ここはビルが新しくなりましたが、以前からここのビルにイイノホールがあるというのは有名でございますね。東京落語会というのがあって、NHKがその撮影をして、『日本の話芸』って番組を放送しています。で、全国の人にこの高座のですね、この雰囲気がですね、知られている場所でございます。ですから、先輩方が本当にしのぎを削って、ここでよい芸を皆さんに披露していた場所なんです。

二つ目の賞獲りのレースをしている『にっかん飛切落語会』もこの場所で、わたくしも努力賞っていうのをいただきましたね。あれ、読みようによっては、「努力しよう」って読めるものですからね（笑）。まぁ、賞の一歩手前みたいな感じの気持ちでおりましたけども、それをいただいたのもこの場所でございました。

劇場が新しくなりまして、それでも何かここの場所の持つ雰囲気というんですか、風格みたいなものは失われず、素晴らしいなって思っております。そういったところで演る独演会です。

昨日、初日を迎えて、今日が千穐楽です（笑）。はい。ようこそお越しいただきました。非常にコンパクトなことでございますね（笑）。

まぁ、いろいろ考え方があるんですよ。え〜、初日のほうがよいんじゃないかって、考えもありますね。つまり、エネルギーの九〇パーセントは、昨日使ったろう（爆笑）？　残り、今日、一〇パーセントだよと。モノは考えようですから、昨日は稽古で、今日が本番ってそういう見方もありますからね（爆笑）。ですから、どこにお出でいただくかはですね、また、そのお客様とのご縁でございますからね。

とにかく今日もチケットは売れていると聞いているんでございますけれども、結構前も空席があるということはですね（笑）、まあ、これ、わたくしの責任もありますね。今まで、花緑の独演会、『花緑ごのみ』っていうと大概、あの、紀伊國屋さんのホールで演ることが多かったんで、「今日は、イイノホールだよ」って言ってもね、何人かは必ず向こうに行っちゃっている筈なんですね（爆笑）。まぁ、多分、お見えになるのは、仲入りぐらいだと思いますけどね。

昨日もこれを言ってたらね、本当にそういう人が一人いたんですよ（爆笑）。気づいたら新宿で、「ああっ」って、慌ててこっちに来るというですね。まあ、そういう方には、「本当に申し訳ないなぁ」という気持ちでいっぱいでございますが……。

今日はですね、まあ、二席の噺を練り直しということでお聴きいただくんですが……。まぁ、その前に、もう一席ということではないんでございますが、わたくし、あの、まくらが長いということで、大変お客様に、ご迷惑をおかけして生きている男なんですね（笑）。小三治師匠ほどクオリティも高くないしって、いろいろありまして（笑）。で、もう、この際だから、ドンと演ってみようということで、え〜、タイトルを一つ付けまして、お聴きいただこうってことなんですよ。

最近、わたくしの身に起きる、あの、ラッキーなことというのがですね、尋常ではないんですよ（笑）。ハッキリ言いますが（……笑）。これはもう、皆さんにね、お伝えしなければ、落語どころじゃないってことなんです（笑）。

あのう、ラッキーなことっていうのは、つまり、どういうことかって言いますと、まあ、自分の観念ですからね、ラッキーだと思うかどうかって話なんですけれども……。ただ、ここまでくるとね。多分誰が聞いてもラッキーな話ってなるんですよ。

でも、ラッキーが起きる秘訣っていうのは、最初に申し上げますけれども、何かね、もうちょっと手前から、自分で自分の日常のことをね、面白がるってことだと、ぼくは思っているんですね。最近の体験を通してそんな風に思うようになったんですよ。だから、たくさん愚痴をこぼしている人は、また、大きな愚痴が自分にやってくるという(笑)。そういうシステムですかね、システムってことはないんですけど。何かは分かりませんよ、その日常にある法則はどういうことだか。でも、何かそうとしか思えない、何か雪ダルマ式に最初は自分で転がすんですね。何でもないことを、つまり一つの比喩を言えば、コップ半分の水があったときに、この半分の水は、「少ねえやぁ」って見れば否定的ですけれども、「おっ、やった！　半分も入っている」って言えば、肯定的で。だから、それだけで物事っていうのは中立的ではないかって感じですね。幸も不幸もなくて、そう思う心があるだけという、そういう発想ですよ。

だから、最初っから、「これは悪いこと」、最初っから、「これはいいこと」っていう風にものは見ていないってことですね。全部中立だってものを百人が「ダメ」って言っても、百一人目のわたしが「いいんじゃないか」って言えば、わたしはいいという発想ですよね。それを回りが、

「センスが悪いな」

とか、

「モノを分かってないな」

って、言うかも知れませんけれど、ぼくのほうではそういう目線を持つようにしてい

るんですね。そうすると、面白いってレッテルをたくさん貼れるように、……癖ってことです。

これは日常の癖になってくるってことですね。結構ね、意外に小さなことでヘラヘラしているものですから、なぜか知らないうちに、大きな喜びを引き当てると言っていいんでしょうかねぇ？ ただ、これが大きいかどうかは、今、皆さん、聴いていただいて、「そうでもないよ」って思うかも知れない（笑）。

あのね、いろいろあるんですよ。これを演っているとね、二時間じゃ終わらないんで（笑）、最近あったことだけを喋ります。あのう、六月の十六日は、網走というところに行きました。刑務所ではないですよ、勿論ね。お寿司屋さんと魚屋さんが、世話人をやってくれて、打ち上げはカニ食べ放題って、素晴らしい会があるんですよ。こういう会が一年一回あるとね、本当に嬉しいですね。で、その会は、つつがなく終わったんです。で、帰ってきた、次の日の話をしたいんです。

弟子は必ず一人は連れていくんですが、わたくしも、お陰様で弟子が増えまして、今、十一人抱えさせていただいております。で、そのうちの弟子にね、台所鬼〆君（現・台所おさん）というのがおります（笑）。……凄い名前なんですよ。台所鬼〆ってぇね。本当に花緑の一門なのかって思いますけれども、鬼が一人いるんですよ。これ

はね、わたくしの亡くなった祖父の五代目小さんが好きだった名前で、何かね弟子が二つ目・真打に昇進する度に、

「(五代目小さんの口調で) おう、どうだい、おめぇ、台所鬼〆にならねぇか?」

「師匠、勘弁してください」(笑)

って、断ったっていう (爆笑)、伝説の名前なんですよ。で、見事に全員断って今まで芸人で付いた人はいなかった……、だからこれは以前その初代がいるのか? 祖父が洒落で作った名前なのか? もう、祖父はいないんで、訊いてないので分からないんですけれども、ウチの台所鬼〆が初めて台所鬼〆を名乗ったんですよ。で、今、いるんです。台所鬼〆というのが、台所鬼〆にしか、もう見えない顔をしている奴なんですよ(笑)。一度どこかでご覧いただきたいんですけれども。で、それで、弟子なのに、歳がわたしより一つ上という、そういう弟子なんですよ、これがね。

で、彼を連れて、今回網走に行ったんですよ。行った理由は一つあります。彼の芸が素晴らしいとか、そういうことじゃないんです。よく食べるからです (笑)。これはね、大きなポイントなんです、はい。現地に行ってですね、やっぱり、あのう、たくさん食べてくれる人をとっても喜んでくださるんですよ。お寿司屋さんと魚屋さんがバックアップしている会ですから、食べてくれないと話にならない訳ね。

それで、カニとかっていうとね、もうね、「一匹まるまる食っちゃうぜ」ってみたいな奴なんですよ。だって、今年の正月だって、お餅をね、十八個食べたんですよ（笑）。で、餅だけじゃないんですよ。他に、いろんなものを食べて、餅も食べて、で、お腹いっぱいで十八個が終わったんじゃないの。味が単調だから、「飽きたから止めます」って言うの（爆笑）。

「おまえ、何それ？　じゃあ、おまえ、この後、ラーメンなら食うの？」

「是非、いただきます」（爆笑）

って、こういう奴ですよ。……で、彼と一緒に行って、まあ、会はつつがなく終えて、打ち上げもお陰様で楽しく終わって、次の日。

まあ、お土産もたくさんもらったんで、羽田から、わたくし、渋谷のほうに住んでいるんで、まぁ、タクシーを利用しました。で、高速に乗ったんですね。そうしたら、凄く高速が混んでいて、まぁ、運転手さんの機転ですね、

「下で行ったほうが早いと思います」

って、言うんで、竹橋っていうところから下りて、で、渋谷までの道は運転手さんの自由ですよ。で、こっちは旅の話を鬼〆としながら、麻布あたりまで来ました。

南麻布というところの交差点に来たときですね。信号で止まったんですよ。で、喋っ

思います？

ていた。見るともなく、歩道のところに歩いている人が一人いる。誰が、歩いていたと思います？

矢沢永吉さんですよ（客席　えっ――――！）。

これ、「えっー」でしょう？　ほらぁ（爆笑）！　驚きますよ、これは。ハッキリ言って。わたしもね、東京に暮らして四十二年、人間をやってますけれど、矢沢永吉さんを生で確認したのは初めてですよ（笑）。

でね、永ちゃんはね、わたしもね、ちょっと思い出がありますよ。わたくしのおふくろが永ちゃんファンですから。もう、子供の頃から、物心ついた頃から、『成りあがり』を読んでいる訳ですよ（笑）。だから、ウチは、もう、永ちゃんの『成りあがり』がバイブルで、永ちゃんと五代目柳家小さんがミックスされて、ぼくが出来た訳（爆笑）。

そうなんですよ。もう、『時間よ止まれ』と思いました、その会った瞬間に（笑）。『幻で、かまわない』と思いましたよ（笑）。

これが凄いのが、たまたま南麻布という交差点で信号待ちして。そこを歩いている永ちゃんって、どういう姿かっていうと、白のスウェットっていうんですか、ジャージっていうんですか、そういったものに身を包み、キャップを被っていたんですよ。多分、わたしが察するに、あの辺に住んでらっしゃると思う。と言うのは、あのかたちはどうやってもジョギングですよ。それも、ジョギングがくたびれたのかどうなのか分かりませんが、歩いててくれた（笑）。しかも、キャップをとってくれたんです（笑）、その瞬間。それで、気づいた訳。だから、凄い確率なんですよ。ここで、出会えるってことが……。そうなんですよ、そこで信号待ちしなければスッて、行っちゃうの。信号で待った横を通る。歩いててくれた。キャップも、とってくれたから（爆笑）。……他に歩行者もいないから、分かった訳ですよ。で、わたしも寝てたりとかね、ぼやぼやしてたり、話に鬼〆君と夢中になっていたらダメな訳。カニの美味しさをいつまでも語っていたら、終わる訳（爆笑）。ほどほどにそれが終わって、麻布に。で、見たら、鬼〆も、

「うわぁっ！」

って、もう二人で、

「うわぁっ！」

って、タクシーが揺れました（笑）。

背の高い人なんですね。生涯忘れない思い出ですよ、そういうことが起きました。

その二週間後か、三週間後、七月に入って、誰と会ったと思います？　皆さん（……笑）。わたしは渋谷のほうに住んでいて、代官山のほうへ出たんですよ。

で、東横線に乗って、代官山の駅から渋谷に戻ろうと思ったのね。電車が接続しまし

たよね、副都心線っていうのに。今年の三月十六日に。つまり渋谷に向かう東横線は、地下に入っていく訳ですね。で、乗ったときに一緒に乗ってきた女性がいて、別にジロジロ見てませんよ。で、その方は窓のほうをスッと向いて、……この女性です。誰だと思います？　皆さん（……笑）。

吉永小百合さん（客席　えっ――!!）。

「えっー！」でしょう？　ほらぁ（爆笑・拍手）！　ハハハ、会います？　東京に住んでいて、吉永小百合さんに（笑）。あの人は生では会わない人です、生涯。スクリーンだったり、テレビの向こう側の人でしょう？　そんな近くに……、いや、それもね、わたしが分かったのも凄いんですけれども、窓のほうを向いているんです。で、東横線が渋谷まで普通にね、三月十六日以前だったらね、分かんなかったんです。地下に入るでしょ、とにかく昼間ですから、地下に入ると暗くなって鏡になる訳ですよ、窓が。反射している顔で、「もしかしたら？」と思ったの。

どういう感じでいたか？　七月の頭ぐらいですから、もう、暑いですからね。夏の恰好ですね。白いジャケット、麻のジャケットを着て、クリーム色のパンツをはいて、どんな靴だかは忘れましたけれど、銀のリュックサックを背負っている。軽装ですよ。この銀のリュックサックっていうのが凄いですね。で、ポニーテールをして、割と薄めのサングラスをシュッとかけているんですよ。

……あっ、（今、入場してきたお客様に）いらっしゃいませ、どうぞ、どうぞ……（笑）。一番前ですか？　今とてもラッキーな話をしているところですからね（笑）、はい、はい。でも、話はここからですから、大丈夫です（笑）。今ね、矢沢永吉さんと会ったって話が終わったところなんです、これね（笑）。で、今、吉永小百合さんになっていますから（笑）、はい。

そうなんですよ、で、そのシュッとしたサングラスで、結構ね、ちゃんと見れば気づきますよ。ええ、ところがね、車内は誰も気づいていないの。で、わたしもね、後ろでしょ？　背中から見ていて、反射で見ているけど、最終的に、結果的に言うとこの吉永小百合さんと称する方は渋谷で降りるんです。向こうの扉が開いたんじゃすぐに行っちゃうから、一〇〇パーセントの確認が取れなかった。ところが、こっちが開いた訳（爆笑・拍手）。こう、真ん中立っているでしょう。こっからこう来た訳、ぼくの前を、小百合が（爆笑）。そこで確認、もうもう、一〇〇パーセントですよ。

「吉永さんだ」

ところがね、わたしも面識ないからご挨拶もしませんけれど、あの何ですか、車内誰も気づいていないのね。まさかと思うから？　あの、気づいているときの顔ってあるでしょう？　何か変顔感じの（爆笑）。……そんな人は誰もいないの。普通にボヤァーっと（爆笑）。ただ、生きているだけみたいな感じでいるの、皆（笑）。

　八月に入りまして（笑）、……もう、面白い話がいっぱいあるんですよ。あのね、結局八月はですね、わたくし、一日から十日まで新宿末廣亭の夜の部のトリを務めさせていただいております。ここ何年か続いておりますね。八上という言い方をしますね。まあ、こういうホールで演る独演会も大変嬉しいことなんですけれども、寄席育ちですからね、やっぱり、寄席でお終いの大きなね、大看板をとれるというのも、やはり、芸人としては嬉しいことでございます。

　で、昼の部のトリは林家正蔵師匠でございます。昼夜で二枚看板で出ている訳です。で、八月入って直ぐの二日の日は、わたくし誕生日を迎えまして、四十二歳を迎えました。で、フェイスブック、ツイッター、いろんなところで、「おめでとう、おめでとう」と言っていただいて、で、今年一年ここからね、いい年でありますようにと、「ここからがまた今年のスタートなんだ」と意識した次の日の八月三日、何が起きたと思います（……笑）？

　これはねぇ、結構もう、いろいろなところでも話をしていますから、ご存じの方もおありかも知れませんけど、ただ、わたしはね、この会で、ね？　自分のメインの会で、やはりね、喋りたいと思ったのは、ここなんですよ、一番。ね？　漏れがあっちゃ嫌だと思って（爆笑）、折角花緑を聴きに来てくだすった方に、この話をシェアしたい。またかと思う方もいるかも知れませんが、是非今日も聴いてください。

八月の三日はですね、記録を作った日なんです、わたしが。どういう記録だったかと言いますと、昼夜でトリをとることに、ぼくはなったんです。昼間のトリの正蔵兄さんがお休みをすることになって、代演といって誰かが演じなければいけない。それを新宿の末廣亭の席亭さんと、落語協会の、わたしが所属していますから、事務局長さんが決めて、「花緑に行かせよう」。夜もトリとっているんですよ。昼も、「両方とれ」と。で、これは、両方とるっていうのは大変なことなんですよ。どういうことかっていうと、昼夜流し込みってことですから、……流し込みってどういうことっていったら、昼の十二時に入った客は、夜の九時までずっと観られるの。昼終わっても出されない訳。ずうっと観てイイってことなのね。だから、……二回出てくる訳、さっき見た人が――そういう話ですよ。それが今までも、間（あいだ）ならあるんですって、こういうことは、ね？　誰か色物さんが十二時近くに上がって、夜のトリの近くに上がる。すると、あんまり被らないし、色物さんが少なくってこういうこともあるそうだけど、トリの人が二回上がるってあんまりないことなんですよ。

昼席のトリを演って、新宿終わって、夜席は池袋（演芸場）の出番もあったんですね。仲入りのところに出て、また新宿へ戻ってきて夜の八時半の上がり。そうしたら、七時半ぐらいに戻ってきたときに、席亭さんに言われたんですよ。北村幾夫さんって方に、

「おーい、花緑これ、今回凄いことだぞ」

「ああ、本当にありがとうございます」

「おまえ、分かっている？」

「何がですか？」

って、訊いたらね。つまりこういうことなんですね。昼夜流し込みで、トリをとるということは、六代目三遊亭圓生師匠以来だよって、言われたんですよ。

圓生師匠というのは落語好きな方はご存じのように、もう、落語界のスーパースター、（昭和）天皇陛下の前でも落語を演ったというような、落語協会の会長にもなったというもう、大変な名人ですよ。その人が亡くなって、三十年ぐらい経っている訳。昼夜でトリをとるっていうことが、その人以来の快挙なんですって。それをわたくしの祖父・五代目の小さんもやらなかったことを、サラリとやってのけた訳（爆笑・拍手）。……いや、もう、本当にね、びっくりですよ。だから、自分が狙ってやったことじゃな

いの。なんか、落語協会の事務局長に賄賂を贈ったとかね（爆笑）。末廣亭への付け届けが凄く多かったから、

「じゃぁ、花緑にとらせるか？」

「そうしましょう、へへへへっ」

って、そういうことじゃない訳（爆笑）。公平なジャッジの下（もと）、決まったの。口幅ったいようですけど、八月の三日という日は、落語家が東西合わせて六百人からいる中で、その日一日のことで言いますと、わたしが多分一番ラッキーな芸人だったろうと、……そういう風に自負しました。

で、一時間後、八時半に高座に上がったときにお客様に言った訳、

「お客様、今日、わたしは一番、落語家の中でラッキーな芸人です。わたしは、そう思っています。そのラッキーな芸人を観られるお客様も同じくらいラッキーなんですよ」

って、言ったら、……そうしたら、会場は……今と同じぐらいシーンとした訳（爆笑・拍手）。

「花緑（あんた）だけでしょう？」

みたいな感じになった。で、そこでぼくは申し上げたの、

「そうじゃないんですよ」

と、お客様にね。

「こういう話を聞いたことがありませんか？」

と、つまりね、シンクロするんです。そのときの自分の状態と、とても大事なことがあるときね。例えば、何か大事な商談を決めようってときに、ちょっと喫茶店に入って何かこうね、話を決めるっていう瞬間、隣が凄く騒いでいるとか、ざわざわしてとにかく話が出来ない状態。こういうときっていうのは、その商談が上手くいかない可能性があるって話があるんですよ。

でも、すべて確率の問題です、これもね。必ずってことじゃないです。そういうことが起きる確率が高いってことです。止めたほうがいいってことですね。

道がそこにないって感じですよ。上手くいくときって、ばぁーっと真ん中に道がある、障害物がないっていう感じですよ。皆さんのご記憶の中にそういうことが、過去を紐解いてみるとあるかも知れない。どうも、そういうことがあるんです。

だから、わたしも自分のことでこれをお話しすると、今言いました通り弟子が十一人いる。その弟子をとるっていうときですよ。その、渋谷のほうですから、ウチはね。その手紙をもらったり、最初会ったりしても、やっぱり一回ちゃんと会って話をするってときがあって、いきなりウチに招くっていうのもなんですから、やっぱり喫茶店に行く訳ですよ。渋谷は混んでいる。ある男の子を面談するんで、一軒目、二軒目、三軒目、ダメで、四軒目、やっと入れた。で、話をしようと言ったら、

♪ ツ、チャーン ツ、チャーン

って、凄い音楽で（笑）、

「わたしは、あの、花緑さんのことが（♪ ツ、チャーン ツ、チャーン）……（笑）、昔から見ていて（♪ ツ、チャーン ツ、チャーン）……（笑）、弟子にして（♪ ツ、チャーン ツ、チャーン）」

もう、聞こえない（爆笑）。やっとのことで、

「よし弟子にとろう」

って、言って、その子は一週間で辞めていったの……（笑）。それが理由かどうかは、分からないですよ。

反対にこういう話がある。そのときはね、代官山のほうへ歩いて行ったのね。凄くお洒落なカフェなんですよ、そこは。二階が洋服屋で、地下がそのカフェで、いつも混んでいたの。まぁ、試しに行ってみたら、ちょうど平日の昼間で、空いてたんですよ。で、開店したばっかりで誰もいなかったんですよ、その彼とぼくの貸し切りになったたん

です。

　で、彼はどうしても入門に至って過去のこと、話さなければいけないことがいろいろあった。弟子にとっていただけますか？　と、ちゃんと話がしたかった訳。で、誰もいないから話が出来た。で、十二分に彼の話を聞いて、

「うん、それなら、こうだね。ああだね。こうだね」

　って、噺家になれる道を探って、

「よし！　これなら、なれる。じゃあ、とろう！」

とることを決めて、上に上がった途端、目の前に御神輿が通ったの、

「わっしょい。わっしょい。わっしょい……」（笑）

「（手を打って）あんた、出世するよ」

　って、ぼくは第一声で言いましたよ。まだ、彼は前座ですけれども、もう、なかなかですよ。楽しみにしてもらいたい男が一人いますよ。こういうことですよ。シンクロするんです。で、もう一個違う面白い話があって、これもね、ウチの弟子に稽古をつけたときの話ですね。

『たらちね』って、落語があります。これご存じの方は、ええ、多いと思いますけれども、前座噺でね、ええ、八五郎は嫁をもらおうってね、言葉の丁寧な嫁が来ちゃうよっ

て噺で、まあ、つまり女性を演じる訳です。まあ、これはね、とても大事なポイントですよ。つまり歌舞伎もそうですよね。男が女性を演じる。異性を演じるって、とても大事でしょう？　宝塚もそうですよ。男性を演じるってことになると、大事じゃないですか？　ここはね。異性を演じる。こう、パフォーマンスとしては、それが、やっぱり落語を演ってて、女性が演じられないってのは問題があると……。つまり、ここが君の演るところで、大事なところなんだよって、稽古が終わって、まあわたくしの自宅でやってますから、リビングでね、まあ、今日の総評として、また喋ったんです。

「今日、一番大事なことは何だったかと言うと、君がやっぱり女性を演じられるようになることだ」

と、普段の観察も含めて、自分が演じるってことを考えようという話をしてたときに、ちょうど居間でね、ラジオをつけていたんです。J-WAVEの。そのときに流れていた音楽の歌詞が、こうだったの。

♪　ムリムリムリ（爆笑）、ムリ。ムリムリムリムリ、ムリ（爆笑・拍手）

もうねぇ、可笑しくてしょうがない（笑）！　彼は、

「はい！　やります！」

♪　ムリムリムリ、ムリ（爆笑）

「ダメかなぁ〜」っと、今、思ってますね。そういうことがあります。それがだからね、こういう話をした訳。で、お客さんに言ったの、ね？　だから、わたしがラッキーな話をするということは、皆さんもラッキーだから聴けるんですよ——と、いや、これもね、あのう、そうかなと、まだそのとき半信半疑だったんですけれども、つまり、言いたいことはこうです。

落語をね、生で聴くお客さんってね、少ないんですよ、日本で。いや、今日は会場がいっぱいだからね、そんなことないと思うかも知れませんけれども、この間も読売新聞の人と話をしていたら、歌舞伎も、日本人で生涯でね、一遍でも観る人っていうのが、一〇パーセント未満なんですって。だって、歌舞伎座、二千人とか毎日いっぱいになっているでしょう。あそこまでしても。一〇パーセント未満なんですって……。だから、九〇パーセントぐらいは、歌舞伎を一度も生で観ないで死んでいくんです（笑）。落語はどうですか？　……〇・〇いくつ……（笑）。

だって、一億二千万人いて、一パーセントが百二十万人、百二十万人も落語ファンがいると思います？　皆さん（笑）？　だから、皆さんは珍しい人ですよ（爆笑）。

「落語、聴きまぁす」

なんて、いうのは（笑）。そうなんですよ、だから、そういう確率でいくと、このラッキーな話を聴けるってのは、もの凄く確率的に日本人で少ない訳（笑）。これで、だいぶわたしの話が伝わったでしょうか（笑）？　だから、その日も言った訳。その客席にいた方に訊いたんですよ、昼夜で観てる方って、そしたら八人ぐらい手が挙がったの。ありがたいじゃないですか？　目撃してくれたんですよ。

昼間、わたしは、『火焔太鼓』って演目を演って、夜は『二階ぞめき』って、噺を演りました。その二席をね、目撃してくれた方は八人いました。

で、演目に入って、で、桟敷席ってのがありますね？　末廣亭は。で、上手のほうですよ。上下をきって、こう、喋っていたらね、見たことがある人が座っているの、そこに。毎朝、NHKで八時から八時十五分の間、いつもよく見ている顔の主演女優が……。「違うかなぁ〜」って目線に入るんで（笑）、もう、気になって、気になって、何度も噺を間違えそうになった（笑）。それでも、堪えて、降りてすぐに前座さんに訊きましたよ。

「ねえ、能年玲奈（現・のん）ちゃん、来てなかった？」

と、『あまちゃん』のアキちゃん役の。誰も、「知りません」、「知りません」、「知りません」、って言うの。で、これもね、それだけだったら、未確認なんですよ。……なんと友達と一緒に楽屋に来たの、そのあと。面識がないんですよ、わたし。で、来た理由を彼女に訊いたら、こういうことです。

つまり、ぼくを目当てに来たんじゃないんだと（笑）、本当は七月の二十八日に来たかったけど、撮影中なんです、『あまちゃん』が。八月一日クランクアップですからね。で、疲れちゃって来られなかったんだと。落語自体は柳家さん生師匠の三谷幸喜さんが書いた『笑いの大学』って、あれ、映画でありましたけれども、元々ね、お芝居でもやってましたけれども、さん生兄さんが落語でも演ったんですよ。そのときにさん生さんを一回観てるって言うんですよ。それ以来落語を観たいと思っていて、七月に来ようと思ったら、来られず。で、ちょうど、八月の三日、友達と食事してたから、「じゃあ、行こう」って、五時半からずっと入って観てたんですって。楽屋に来た訳ですよ。

ぼくの落語が面白かったのもさることながら、それだけじゃない。「ラッキーだ」って噺をしてくれたんで、ラッキーにあやかりたい、握手してもらいたいって、それで来たんですって（笑・拍手）。だから、この「ラッキーだ」って噺をしなければ、どんなに落語が面白かったとしても、帰っていたんです、彼女は。だから、未確認のまま終わったんですよ。だから、楽屋で何度も握手して、写真撮って、彼女はブログに載せるし、わたしはフェイスブック、ツイッターに載せましたよ（笑）。

で、次の日、四日ね、八月の日曜日。福岡に行ったんです。それは、福岡ではですね、秋に必ず行っている三日間ぶち抜きのイベントがあって、あの円楽師匠、六代目の、『笑点』でお馴染みの円楽師匠が、『博多・天神落語まつり』というね、もう五十人以上の落語家がバァーンと向こうに行って、三日間ね、三つか四つの会場を貸し切ってバァーっと演る『大銀座落語祭』みたいなものを演っているんですよ。で、その『秋まで待てない落語会』っていうプレイベントがあって、千七百人のキャパ、いっぱいのお客様の中で、円楽師匠、大阪の桂米團治師匠、談春師匠、それとわたくし四人が演っている訳ですよ、ええ。で、楽屋にスポーツ新聞があって、誰のか分からないけど見るともなく見たら、葉書(この)ぐらいの大きさの記事があった。そこに書いてあったのは、泰葉さん……、あのう、正蔵兄貴のお姉さんですよね、「復活コンサート」って、元歌手ですから(……笑)、記事があった。「ああ、そうなんだ」と、四日の新聞ですから、「三日にコンサートがあったよ」ってことなんですよ、土曜日にね。で、(文字を)追っていったら、「家族でそれを見守る」って書いてあったの……。で、「弟の正蔵、木戸をやる」って、(切符の)もぎりをやっていたんですよ(笑)。それで、分かったの!

「あっ、そういうことか!」

と、つまり、寄席のトリですよ! 大看板ですよ(笑)! それを休んで、お姉ちゃんのコンサートの木戸をやっていた訳(爆笑・拍手)。あそこは家族愛が強いから(笑)!

トリをとっていたって何だって、お姉ちゃんの勝ちな訳（笑）。もう、皆で復活コンサートをね、支えている訳ですよ、

「これだからか！」

と、ね？　これがあったから、わたしの記録が生まれ、また、記録を席亭さんに言われたから、自覚して高座で喋れて、ラッキーな話が出来たお陰で、『あまちゃん』大好きで観てんですから、もう（笑）、毎日毎日（爆笑）、そこへ玲奈ちゃんが来て、握手が出来て、で、「うわぁー」みたいなことになったお陰は、泰葉さんのお陰だったんです（爆笑・拍手）。……どこに感謝が潜んでいるか、分からない訳ですよ、皆さん。めぐりめぐるというのは凄いことですよ。

こんなことがこの夏にありましたよ（笑）。何度も申し上げますが、ラッキーな話が聞ける今日の皆さんがラッキーなんですよ（爆笑・拍手）、本当に。

だから、本当にラッキーを作る秘訣っていうのは、今あったことは何も期待していないってことです。自分から作れないってことです。だから、すべてのことを自分から喜んでいくと、そういう喜びを引き当てるのに気づかないってこともあるでしょう？　あるいは大して感じないとか。ドンドン感じていくと、どうも引き寄せるというか、見つけるんですよね。

だから、これは、ぼくは、分かりませんけれども、ずぅーっと三十代ぐらいから十年間こんなことをやっていたら、最近こんなことになってきているんですよ。誰にでも起きると思います。ただ、問題は普段からどう思っているかがポイントだと思うんですよ。普段から、愚痴とか不平不満ばかりをこぼしていると、この先に大きな不平不満が待っています（笑）。多分そういうことだと思います。

いつも笑って、いつもどんなことでも、「いいね、面白いね、いいんじゃない、いいね」って、言ってて、感謝だ、感謝だって言ってるんで、また感謝すべきことが起きたっていう風にわたしはそう思っているので、そういうことが起きる秘訣だと思っています。あとは皆さんが実践するか、しないかでございます（笑）。なんかそんなことだと思うんです。

で、あのう、ハハッ（笑）……、ねえ、素晴らしいです。今日も奇跡ですよ、独演会でこの時間までまだ一席も落語演ってないのに、皆さんこんなに笑っているんですから（爆笑・拍手）。

これより二つ目、柳家小さん

二〇一四年十一月二十八日　イイノホール
柳家花緑独演会 花緑ごのみ Vol.31『まくらのようなフリートーク』より

え〜、鳴りやまない拍手を本当にありがとうございます（笑）。

この会はお陰様で、もう三十一回ということなんですが、まあ、当初はもっと小さい場所で、ここからほど近い内幸町ホールというところだったんですが、二百人も入れないような手狭な感じの会場で、そこからスタートした会ですね。で、そのときは二か月一回で演っておりましたけれども……。え〜、最近は年に一回ということで演らせていただいておりまして、会場もこれ以上はないほどの立派な会場でございます。今、日本で一番立派じゃないかと言われるような（笑）、ええ、とても、何か、一階のね、入ってくるあそこの、自動扉の長いエスカレーターの雰囲気から、とても『花緑ごのみ』なんて会が演れるとは（笑）、昔のわたしには、想像出来ない、はい。ええ、本当は秘密倶楽部のような感じで演ろうという……、そういう会でございます。なんか忙しく帰っていくサラリーマンの方は、多分この会を知らないんだと思います（笑）。

ええ、だから、近くにいるから見ようって、そういうもんじゃないんですね。今日も、遠方からお越しのお客様もいらっしゃると思います。わたしだって、この近所に住んでいる訳じゃありませんか（笑）。だから、たまにあります、アンケートとかとるとね。

「今度、烏山文化センターで、演ってください」（笑）

「なんで烏山を勧めるんだろう」

って思ったら（笑）、その人の住所が、

「烏山○丁目×の番地△」（爆笑）

って、皆、近所で演って欲しいというのが、どうも、本音のようでございますが……。え〜、遠路遥々ありがたいなっていうようなことでございます。

いろんなニュースがある訳なんで、何をこう話題で取り上げるかっていうのも、その人の個人的な関心ごとになるんですけれども、わたしは、やっぱり、「高倉健」さんが亡くなったことというのが、非常に心に響いている訳でございますね。

で、勿論、健さんの映画も何本か、観させていただいておりますけれども、亡くなった日が十一月の十日、これはニュースになってましたね。で、十一月の十日っていうのがそれだけのニュースじゃなくって、つまり、名優と言われる「森光子」さんと、「森繁久彌」さん、この三人が十一月の十日に亡くなっているんですね。

で、三人の共通点は他に何があるかっていうと、文化勲章をもらっているっていうんですよ（笑）。これ、凄いですね。テレビでやっていました。おお、そうなのかぁって、思って……。だから、これから、我々は見る目が変わりますね。名優と言われる人が文化勲章をもらうと、

「あの人は、十一月十日に亡くなるよ」

って（爆笑）、恐ろしいものの見方になるんじゃないか。だから、森繁久彌さんと森光子さんが、続いたときは、「たまたま、二人はあるだろう」と、……「ま、まさか、健さんまでが十一月の十日」って、何でしょうねぇ？　まあ、もしかしたら数字ってものも何かのサインがあるかも知れませんけれども……、分からないですよね。十一月の十日ってことなんですよ。皆、名優はそこをゴールに人生を終えていくんですね（笑）。

で、健さんという人は、若いときにヤクザ映画で売れた訳ですよね。この間もテレビを観たら、追悼番組でやっておりましたが、一年に十本ぐらい撮っていたっていうですね。ええ、凄いですね。で、途中失踪したり、当人はね、とても悩みながら演っていたという……。それでも、劇場でお客さんに交ざって自分の映画を観たら、もの凄くお客様が、沸いて、喜んでいた。自分はどっかで演じきれてないと感じて反省している。健さんの中ではね。でも、お客さんは一喜一憂して、もの凄く楽しんでいる姿を観たのが、衝撃だったという話をやっていましたよ。

で、去年、文化勲章をもらったときの、挨拶で言ってらした。

「自分がヤクザ映画ばっかり演っていて、ヤクザのイメージがついてしまう。そのことにとても、自分は心配していた。そういうイメージがついていいんだろうか?」

と、言う、……でも、祖父小さんが言っている「芸は人なり」みたいなもんで、その、

「自分は生き方をもって、スクリーンに見せるんだ」

って、いう風な生涯だったという……。

でもね、わたしに言わせると、しょうがない、

「健さん、もう。しょうがなかったよ」

って、感じ。

「もう、ヤクザ映画演ってて、たくさん、そういう人生でしょう」

って。だって、亡くなった年齢がしょうがないもん。知っています、皆さん? 八十三歳は、八三(ヤーさん)ってこと(爆笑・拍手)。……これね、誰も言っていないですよ。わたしだって、最近気づいたんですよ(爆笑)。偉そうなことを言うようですが、びっくりしました。と言ったら、八十三で死んだ人は皆、ヤーさんかって言ったら、そうではないと思いますが(爆笑)、そんな風に見ましたよ。だから、亡くなったときにオチをつけるみたいなことで言うと、我が師匠祖父の五代目小さんもそういう感じだったんで

すよ。

我が小さんって、祖父でございますから、小林家ってことになりますが、世田谷のあるところに、お寺にお墓があるんですよ。で、その五代目の小さんっていう人は、こういう人前で芸を演る人間ではありましたけど、派手なことを決して好まない人でありました。ですから、わたくしが真打になったお披露目のパーティーもなるべく最小限でというような、そういう人で、あんまり皆でお練りをやってだとかね、なんか、そういう感じではないんです（笑）。別にどっかの一門のことを言っている訳ではないんです（爆笑）。対照的な感じはしますけれどね。

で、お墓もそうだって話なんです。我が小林家のお墓はですね、大変小さいんです。あの須藤石材というね、あの（笑）、ＣＭを演らせてもらっているんですけれども（爆笑）、でも、この石は、須藤石材じゃないかっていうぐらい質素な感じで、「柳家小さん、ドーン！」みたいな感じじゃないんじゃないんです。「小林」という、もう、とても普通の人は、身内でもたまにうっかり見落とすんじゃないかぐらいの（爆笑）、小さなお墓でございます。ただ、小林家と書いてあるだけ。

それでも、やっぱり落語ファンの方はありがたいです。それを見つけてお墓参りに行ってくださるんですよ。やっぱり、お寺の人が、とても気を遣ってくれて、案内板っていうんですか、案内の表示を出したんですよ。毎回訊かれるから、「あそこです」って言っても、その現場に行ったら分からないってことになるので、お墓のところに、……これ凄いですよ、また、お塔婆に書いていいのかなって思いますけれどもね（笑）。まあ、勿論、他人の「南無妙法蓮華経」の上に書いた訳じゃないから（爆笑）、まあ、新しいのをざっと刺して、書いてある訳。この書いてある文句が素晴らしいですよ。

「これより二つ目、柳家小さん」

って、書いてあるのね（……爆笑）。あのう、柳家小さんって人はですね、落語界の真打も真打で、人間国宝まで上り詰めた人ですよ。それが、この身分制度の真打の一歩手前の二つ目に、あの世に行ったら、なっちゃったって話ですよ（爆笑）。この洒落が完成したのは、本当にその角を曲がって二つ目だから出来たんです（笑）。三つ目とか四つ目とか、すぐ一つ目だとダメなの。二つ目にあるから、

「これより二つ目、柳家小さん」

ですよ。でも、ものは考えようでね。これね、やっぱりあの世には先輩がいっぱいいますから、人間国宝になろうが、大師匠と言われようが、あの世に帰ったら二つ目クラスなんですよ。そういう話です。だから、あとを追っかけた談志師匠は、あの世で多分前座だと思います（爆笑・拍手）。まぁ、そんなもんでしょう（拍手）。で、わたしなん

か、今、うかうか死ねないって感じですよ（爆笑）。もう、前座にもなれないってことですよ。それだけ、先輩が上で見守ってくださっている訳ですよ。だから、祖父はそういうオチをつけたというのもね、これも巡り合わせですよ。我が小林家が、このね、お寺の角から二個目の場所をお墓用に購入したのだって、まさか自分が死んで、

「きっとこういう洒落を、このお寺はして、おれは一笑いをとるぞ」

って（笑）、思ってない筈ですから。そういうことですよ。たまたまそういうことになっちゃった。たまたまにしても、素晴らしい小さんがそのオチをつけたかのような、亡くなり方。でも、ねえ、ところがこれがねぇ、今、じゃあ、行ってみようと思う方がいらっしゃるかも知れない、事実、このお塔婆を観たいと……。これちょっと変わっちゃったんですよ。（笑）

お寺がねえ、やっぱり、ぼくがこんなことを言っていたからか、誰かが告げ口したのか（笑）、

「小さん師匠に失礼だよ。二つ目は」（笑）

って、ことになったみたいで、今どうなっているかというと、

「これより、二基目。柳家小さん」（爆笑）

になった。面白くないんです、今、これね。言ったほうがいいと思うんです、逆にこ

れは。「二つ目に変えてくれ」と。

だから、その巡り合わせっていうのはね、非常にぼくは面白いなぁと思っているんです。そういうことで言うと、その面白い噺っていうのは、世の中いくらもある訳ですよ。そこ彼処に、ぼくは落語みたいな日常ってのはあると思っていて……。

十一月に入ってね。広島に学校寄席ってのに、行きました。これは楽しかったですね。え〜、福山ってところでね。高校に行ったんですね。次の日、東広島で、ここはね、近畿大学の附属の学校というのが、大阪のですね、こっちに出来ているんですね。東広島っていうところにね。で、中学高校とあって、午前中は中学生、一、二、三年で、午後、時間をおいて、高校一、二、三年に聴いてもらおうと、そういう会で。何人か芸人が出る内のトリをわたしが務めました。

で、そこでね、まあ、その、本題は『初天神』というお子さんにウケるネタを演ったんですけど、まくらを振ってたときにちょっと面白いことが起きましたね。どんなまくらかと言うと、世田谷のほうの小学校で学校寄席があって、普通は全校生徒か、ある一学年が聴いてくれるんですよ。その学校は凄いですよ。

「聴きたい人だけ、聴いてね」

って、ことになった訳（笑）、土曜日で……。で、三百人からいる小学校が、結果、百人になったって話ですよ。二百人は、NOとなった訳。花緑を聴かなくてイイ（笑）！　土曜日いろいろあるんでしょう、用事が。塾に行くとか、お酒を飲みに行くとか、いろいろあるでしょう（爆笑）、今どきの小学生は！　忙しいですから、そういうことで、そしたら、

「親御さんは好きにどうぞ」

って、言ったら、親御さんだけで三百人来たんですよ（爆笑）。もう、一般公演ですよ、こうなるとね。

で、体育館にマットをね、前のほうに敷き詰めて、後ろにパイプ椅子並べてそこに親御さんが座っているんですね。一年生から六年生まで、ランダムな感じで座っている訳。お子さんに分かり易い噺を、『初天神』とか『寿限無』とかを演って、これはもう始まる前に言われていました。是非もんです。これは、「是非演ってください」っていうのが、質問コーナー。一〇分ぐらいで終わるつもりが結果三〇分になっちゃったって話。この質問が面白いんですよ。次々次々、ハイハイハイハイ、手が挙がってね。今日だってやったらどうなるか分かりませんけれど、普通は大人というものは、……その、やっぱり、躊躇しますすよ。「これ言ったら、周りにどう思われるかな？」ぐらいのことは、思うのは大人。子供はそうは思わない。もう、自分が思ったことを、「ハイ！」っ

て訊きますから。でも、感心するのが何かって言うと、やっぱり、かぶるでしょう？質問が。一年生もいる訳ですから……。そうすると、つまり、さっき誰かに言われて（ダブった）と思ったら、新しい質問を直ぐに考えて、だから、ずぅーっと手が挙がっている状態ですよ。で、全部違うことをちゃんと言ってくる訳ですよ。偉いですね。子供らしいですよ、質問は、勿論、

「好きな食べ物は何ですか？」

とかね、

「好きな色は何ですか？」

とか、段々段々エスカレートしてきて、

「何処に住んでいるんですか？」

とかね（笑）、

「今日はいくらもらいましたか？」（笑）

これが一番答え難い。で、最後の質問が凄かったですね、もう、ドンドン続いている。横で先生が言っている訳ね。

「（小声で）もう、そろそろよろしいんじゃないでしょうか？」

「（小声で）はい、分かりました。じゃあ、最後の質問」

って、言ったらね、真ん中で、相談が始まって、相談がすぐまとまりまして、「この子を指せ、この子を指せ」って、アピールしている訳。真ん中の男の子が、ピッと、五年生ぐらいの子が、ピッと手を挙げている。およそ落語とは何の関係もない質問、

「はい、君どうぞ！　最後の質問」

って、言ったら、

「息は何分止められますか？」（爆笑・拍手）

わたし、『あまちゃん』じゃないんですよ。素潜りしている人間じゃないんですから、もう、答えられない、そんなこと。でも大人の知恵でね、直ぐ、訊き返した。

「君は何分止められるの？」

って、言ったら、

「さぁ〜？」

とか、言ってるのね（笑）。で、

「ぼくは一分ぐらいかな」

って、言ったら、

「へぇ〜？」

ってね（笑）。質問は熱いのに、感想が薄いというね（爆笑）。今喋りたいのは、そ

の、途中にね、あった質問で、こういうのがあった。前のほうの女の子三人が、何か、

「訊きなよ、訊きなよ」

って、訊き辛そうにしてるから、こっちから誘って、

「どうぞ」

って、言ったら、一人の女の子が、

「結婚はしてるんですか？」（笑）

って、言って。

「うん、してますよ」

って、言ったら、

「ヒューヒュー」

とか、言われた訳ね（爆笑）。で、「ヒューヒュー」じゃないって話をした訳。四十過ぎてるんだから、「ヒューヒュー」じゃないでしょうってことを、その東広島の中学生に向けて、言ったときに、客席がちょっとどよめいたの。

「へええええ？」

って。つまり、四十過ぎには見えないってことだったんですよ（笑）。ちょっと会話が止まったの。

「えっ？」

って、

「ぼく、今、四十三だよ」

って、言ったら、もっと大きなどよめき、

「えええええー」

って、会場中が、なった訳ですよ。で、ぼくも意外で自分が幾つに見えてるのかは分からないですから、（四十三に見えないんだ）と思って、「えええええー」って言った女の子に訊いてみた訳。

「じゃあ、ぼくは幾つに見えるの？」

って、言ったら、

「どう見ても、三十九歳」

って、この微妙な……（爆笑・拍手）、これ、本当ですよ（笑）。……四歳、若いらしいです、わたし（笑）。

その二週間後に行った学校も面白かったですよ。え〜、世田谷の中町小学校ってところです。ここは縁があって、やっぱり四年ぐらい行ってますかね。去年は全校生徒で演りました。ところがわたしも言ったんですよ。

「全校生徒を演るということは、もう、その学校には六年間行けませんよ」

……分かります？　ネタがない訳（笑）。だって、今日演る『宿屋の富』とかね、もう、『蒟蒻問答』とか、難し過ぎて小学生の前で演れないでしょう？　だから、その『寿限無』とか、その『初天神』とか、いろいろありますけれど、そんなものね、二年ぐらい演ったら、もう、大体、終わりですよ、これ。だから、出来れば一学年を毎回演らせてくれって言ったの。そうすると、ずっとスライドしてくるでしょう（笑）？「同じ噺が演れるよ」って、話で（笑）。で、今年は四年生だけで演ろうってことになった訳。そしたら、今年入学してきた一年生が、ゴネたらしいんですよ。凄いですね、今の学校はね。先生に文句を言うんですって。花緑を観たかったんだって（笑）。もう、画が想像出来ません、小学一年生が、先生に、

「わたしぃ、花緑さん、観たかったんですよぉ」（笑）

って、ボイコットしたんですって。その結果どうなったかって言ったら、「会わせろ」ってことになったんですって。観なくてイイから、落語を（……笑）。

で、校長室で校長先生とお茶を飲んでいるところに、一年生の五十人近くが来たんですよ、ぼくに会いたいって（笑）。凄いんです、中町小学校の一年生は。ええ、で、出ていきましたよ。皆、入ると大変だから、廊下でビャァーっと五十人ぐらいがいて、そ

れで、要するにこの子たちに先生が何て言ったかというと、

「四年生に聴かせる」

　というのは、四年生は教科書に『寿限無』が載っていて、で、『寿限無』にわたしの写真が出ているんですって。つまり、落語家という説明的な写真。誰でもいい訳、本当は。ところが、やっぱり『にほんごであそぼ』に出て、『寿限無』を演った経緯もあって、わたしの写真が出ているんですって。だから、四年生になったら、聴かせますよってことなんだって。だから、四年後来てくれってお願いに、皆来たんですよ（笑）。そんなこと言われても、気の長い話でね（笑）。四年後ですよ、ぼくは必ず中町小学校に行かなきゃいけない訳。そしたら、一人の女の子が、

「約束よ」

　って、言ったんですよ（笑）。「約束よ」のあとに、ハートマークが見えたんですよ（笑）。小学一年です、これ。凄いですよ、今どきの子はませてて。思わず名前を訊きましたよ。名字忘れたけど、律子ちゃんでした。律子ちゃんにねぇ、そう、言われた訳。

「約束よぉ～ん♡」

　って（笑）、

「分かった、約束だ」

って、……女の子はイイすね、「約束よぉん」ですよ。男の子は何て言ったと思います？

「死なないでくださいね」

って、言ったんです（爆笑・拍手）。どう見ても三十九歳だと思うんですけどね、小学一年から見たら、もうそろそろ、死ぬ年齢に見えてるらしいんですよ（笑）。

「死なないでください」

と、言ったら、今度は、もう、大合唱、

「死なないで！　死なないで！　死なないで！」（爆笑）

ですよ。もう、廊下で大変なことになって、校長先生が中でゲラゲラ笑っている訳ですよ（笑）。

「死なないでくれ！」

「分かった。ぼくは死なないから、四年後来るから」

「死なないでくれ！」

どさくさに紛れて、

「死んでくれ！」

とか、いろんな子供がいて（爆笑）、……だから子供のそばにいるとネタになることがいっぱいあると思いましたね。

南の島に雪が降る

二〇一五年十二月四日　イイノホール
柳家花緑独演会 花緑ごのみ Vol.32『天災』のまくらより

こんばんは（笑）。

はい、そうなんです、始まったんですね。もう改めて言いますけれど、このイイノホールという場所が、長屋モノを演る風情じゃないところがイイですよね（笑）。わざわざ、この近代的なビルに入ってきて、長屋を感じて帰ろうってんですからね、面白いなぁと思います。昔は、寄席そのものが何か長屋の延長みたいなところだったと思いますから、ですから、その雰囲気がそのまんま、イメージ出来て、皆さんの頭に広がったと思いますけれども。皆さんはこれほど、一所懸命長屋を想像しなきゃいけない環境に置かれている訳です。それが何とも、面白いなぁと今日は来て、久しぶりにそう思いましたね。

で、この七時開演という環境がなかなか（……笑）、そうですね、はい、まだ来ていないのか、来る気がないのか（笑）、その辺の前三列とかね。いろいろ気になりますよ、この二列目のそことかね、ええ。まあ、途中から聴いても分からないということもないんですが。ええ、古典ですしね。分かんないところは家に帰って、わたしの師匠の小さんのユーチューブでも観ればですね（笑）、穴が埋まったりしますんで（笑）。どうかすると、そっちのほうが面白かったりしますから（笑）。

まあ、とにかく二日間ということで、今日は初日にようこそお出でいただきました。何を隠そう明日が千穐楽ということになっております（笑）。非常にコンパクトな興行にようこそお出でいただきました。え〜、（遅れてきた客に気づき）……、はい、いらっしゃいませ、はい（爆笑）。そうです、そうです。どうぞ、どうぞ（笑）。今、噂していたところですから、ちょうどね（爆笑・拍手）。そう、そうなんですよ。そう、そう、そう、そう。いや、いいです、いいです、気にしないように（笑）。一番ぼくが気にしているんだけど（爆笑）、ハッハッハ。慌てないでください。転ぶといけませんからね。どうぞ、ゆっくり座ってください、はい。今、どうでもいい話をしておりましたから、大丈夫ですから、ええ（笑）。いや、本当にようこそお出でいただきました。

え〜、わたくしは、髪の毛を短くしてからですね、まあ、いろいろ、言われるんですけれども、当人はよくなれば、007のダニエル・なんとかに似てるかしらと思ったけど（笑）、意外とあの元大阪府知事の橋下徹に似ていると言われてですね（爆笑）、はい、「あ、そっちか」という感じなんですよ、ハッハッハ。え〜、そうなんですねぇ。え

〜、昔は髪の毛が長いときは、〝よゐこ〟の濱口君に似てると言われたりですね（笑）。まあ、いろいろ言われたんですけれど……。いや、その昔は、イチローに似ているって人もいたんですよ。楽屋で先輩とかが、

「何かイチローを観ていたら、花緑を思い出したよ」

なんて、いうね、最高の誉め言葉をいただいたんですけれど、いろいろなんですね。だから、どっちかって言うと、どこにでもある顔ってことなんですよ（笑）。これだけ似ている人が多いってことは。そういうことも、わたしなりに分かってきたことでございます。

ただ、やっぱり面白いのが、六月ぐらいに髪の毛を切りましたんで、で、七月の頭に演った独演会だったかな、そのときのお客様の感想が凄いですね。

「今日は髪の毛が短いから、表情がよく見えた」

って、普段どんな髪なんだ！　前髪で顔が隠れている人みたいな……、ハッハッハ。他人によっていろいろな感想がある訳です。面白いなぁっと思いました。

ご案内の方が多いと思いますけれども、今年は『南の島に雪が降る』というお芝居を演りまして、兵隊さんの役だったものですから、「髪を短く切ろうぜ」ってことで、切ってみたんですね。そうしてみたところ、今、髪を切った支持率が、九九・五パーセント

を占めておりますので、やっぱり〇・五パーセントだけが、「前のがいいよ」という、そういう感想でした。で、やっぱり〇・五パーセントになかなか戻せませんね。

「いいじゃん、その髪型、似合うよ。それがいいよ」

って、いうことを、あらゆる人に言われるとですね。その誉められているんだけど、前のぼくを同時に腐(くさ)されて、貶(けな)されているような感じになる訳ですね（笑）。ですから、戻せないというのがありまして、もう、こんな感じでいいんじゃないかなぁというりすると二か月に一度だったのが、二週間に一度、切っているんですよ。もうちょっと……。だから、その、髪の毛を切りに行く回数が増えたってことですよね。前はうっか短く刈り込むと、自分の師匠の小さんに段々近づいてくる訳ですよ、ええ。そういう思い入れもあるみたいですね、お客さんはね。だから、七月の会は凄いですよ。髪の毛を切って二週間くらい経ったときですよ。

「芸がよくなった」

って、そんな訳ないっていうんですよ（爆笑）。……だったら、なんぼでも切るぜ！　って感じですよ（笑）。皆さんは、何か気持ちでご覧いただいているということが、何となくわたしは分かった訳ですよ。観る皆様の聴いていただく心持ちが変わると、何か結果が勝手に変わっていくようなんですね。面白いですね。わたしのほうは飄々と演っているんです。いつものように何も変わらず演っているつもりなんですけれども ね。

お芝居もね、ですからお陰様で、初めての座長公演です。主役で三時間近いお芝居にずっと出ているんですよ。

「そんなに出なくても、いいだろう」

と、いうくらい出ているんですよ。で、どうってことない台詞を言っているようなんですけれども、そのどうってことのないような台詞が一番難しかったですね。なかなか最後まで覚えられない。ここは難しいぞってところから手を付けますから。ですから、そういう何か長台詞っぽいところは、逆にしっかり入っていて、何気ないやり取りみたいなところは、フッとこう躓いたりなんかするんですね。ええ、そういうことがありましたね。

二十四回公演で、東京は浅草の公会堂。それから、名古屋の中日劇場さんってところが、まあ、一番長くて十日間、十四回公演。これは、所謂、あのう、中日さんの開場五十周年の記念というのも、今回の企画に大きく含まれていたので、まあ、メインの会場ということになります。そこをやって、福岡と大阪が最後ってことですね。

福岡、一日しか演らないんですよ。十一時の回と四時の回っていうんですが、昼間、凄いですよ、平日ですよ。で、その日、なんと台風直撃ですよ、皆さん（笑）。初花緑座長公演が一日しかないってときに、めったに止まらないと言われている九州の福岡中の電車がすべて止まったんですよ（笑）、はい。で、千百人ぐらい入るキャパシティで、十一時の回が、百三十人のお客様です。ほぼお座敷で演っている貸し切り状態みたいな、ええ（笑）。

で、やっぱり、あのう、お客さんも、何か客席を見るとスカスカ状態の中で、ねえ、演者が一所懸命演ってますから、終わった後ね、もう、スタンディングオベーションですよ（笑）。何か、お客さんのほうが勝手に思い入れする訳。我々は別に、十人だろうが二千人だろうが、変わらないことしか出来ないんですけれども、でも、お客様が、

「私たちのために演ってくれたんだ」

って、思いが強いので、皆、もう、

「（拍手しながら）うわぁぁぁー！」

みたいな（笑）、そこが妙にこっちも感動しちゃったりなんかして、ええ、そんな回でした。

で、大阪が千穐楽。大阪という街はご案内でしょうが、やっぱり笑いに対して厳しかったりもしますけれど、逆に笑いに対して寛容なところもあります。つまり、こう、

火が点いたときの、ウケ方が違う。あのね、何となく、今日の皆さんみたいな感じと違うの（笑）。もうちょっと、無駄に弾ける感じ（笑）。何か、悪意がありましたね、今ね（笑）。なんか、凄いんですよ、弾けたときは。だから、独演会でも終わると二拍子の手拍子が鳴りやまないみたいなことが、大阪で起こったことがありましたよ、以前、独演会でね。東京では一切ない、皆さん、分かっているでしょう？　緞帳下りたら、もう、「さようなら」なんだよっていう、

「ああ、買い物して帰ろう」

みたいな感じでしょう？

「ご飯食べなきゃ」

みたいな。そうじゃない、大阪は帰してくれない訳、もう。そんなことが一回ありました、大阪で。

そのかわり、もう、面白くないときは凄いですよ、大阪のお客様は……。何とか幕が下り切るまでの間に、ちゃんと、花緑という人間に「今日は面白くない」を伝えようとする訳ですよ（笑）。これも大阪ですね。東京は違います。何となく最後まで笑って付き合います（笑）。ところが帰り道、電車の中で、

「今日は、大したことなかったね」

って、言ってる訳（爆笑・拍手）。これが皆さんです、はい（笑）。で、いいんです。付き合いが長いですから、九歳から演ってますから、わたしも、皆さんと。そんなことで驚くような花緑じゃありません（笑）。ですから、ウケたからって、それでいいとは思っておりません、わたしも。

そうなんです。そのお客様の何となく、その最後までは付き合っていただく、この嬉しさと、その気持ちと、でも、終わった後、気づいたら言いたくなるその気持ちと、もう、両方分かっていますから……。きっとわたしも、何か外で演劇とか観ると同じような感じなのかも知れない。そうなんですよ、ええ。

で、大阪は千穐楽でね、あと二幕のここだけ演れば、もう千穐楽二十四回すべて終わるという、二幕目のど頭ですよ。みんな兵隊の人がね、いるシーンなんですよ、最初。で、川崎麻世さんが出てました、一緒に。

で、麻世さんが台詞を言ってたら、突然ね、笑い出したんですよ。で、いつもと違うから、すぐに分かる訳。台詞が違うのが……。なんか、こう、笑いながら、
「あのナントカカントカ、うっふっふっふ。ナントカ、あっはっは、カントカ、うっふっふ。ハッハッハッハ」
もう、台詞止まっちゃうぐらい。全員がそっちを見ました。ところが、川崎麻世さん

何を思ったのか、わたしとの結構な三メートルぐらいある距離を、……そういう芝居の体じゃないんですよ……、バァーっとぼくのほうへ来たんですよ。で、ぼくは加東大介という人の役を演っていましたから、その名前で言われるんですよ。

「加東班長！」

役名で、一応。そんな台詞ないんですよ、そこから。

「シャツが、裏っ返しです！」

って、言われたんすよ（爆笑・拍手）。

「はあっー？」

二十四回目に、やったこともない、つまり休憩中に脱いだときに裏っ返しになったら、裏っ返しのまま着て出ちゃったらしいんですよ（笑）。だから、千穐楽に舞台を一所懸命平常心で演ろうと思ったら、休憩中が平常心じゃなかったって話なんですよ（爆笑）。ここで何か、テンパっちゃってて、それで……。で、裏っ返しに、普通着られないでしょう？　シャツって。ところが、早着替え用なので、マジックテープなんですよ。皆様から見るとボタンなの、ちゃんと。ところが中は、バリバリっていうマジックテープなの。だから、着られたの。で、思い返してみると休憩中、何か襟が反対になっているなぁと思ったんですよ。襟をわざわざこっち側にひっくり返して、着てたんで、まあ、軍服ですから、キャメル色のあのシャツですよ。裏っ返しにしても、三列目から後ろのお客様には、分からなかったかも知れない（笑）。ところが何か無地っぽい訳。徽章とか、バッジとか、印とか、ポケットとか、見えない訳（笑）。で、何と背中に大きく『柳家』って書いてあるんですよ（爆笑・拍手）。これを麻世さんが見つけちゃったから、もう、台詞が言えなくなっちゃって（笑）。川崎麻世さんの演技を潰しちゃったの、千穐楽に（笑）。

そしたら、笑いが伝染しちゃって、そのシーンが何分あるんだろうな？　十五分ぐらいあるのかな？　柄本時生君も出ていたんですよ。時生君がそのシーン最後まで笑ってましたね（笑）。自分の台詞を言うところが来ても、もう、わたしのそれが分かってから、お客さんにも知れてから、十分ぐらい経っているのに、

「加東班長、ナントカふっはっはっはっぁ」（笑）

全然笑って言えない訳。その度にぼくは、

「このシャツを着替えましょうか？」

「いや、着替えなくていい。着替えなくていいから」

もう、アドリブで皆がいろんなことを言いながら（笑）。で、千穐楽、そんなことがあって、そのことで、わたしは、もう、

「ああ、エライことをしちゃった」

っと、思いながらも、覚えた台詞は出てきますよ。だから、万感の思いに駆られることなく、笑いで終わったんですよ（笑）。だから、最後はね、看板役者が全員、一応ね、松村雄基さんだとか、ワハハの佐藤（正宏）さんとかいますよ、ええ。相手役の大和悠河さんとか、皆、それぞれ挨拶をする訳。まず、わたしが座長だから先頭切って挨拶して、皆さんへの感謝の気持ちを言った途端に、それより何より、

「申し訳ありませんでした」

土下座ですよ、もう（笑）。で、麻世さんのほうにクルっと向いて、

「申し訳ありませんでした」

って、言って。これで、ひとつ笑いが取れたって話ですよ（笑）。


ですから、あのう、何が起きるか分からないんですよ、人生は。あのう、私事ですけどね、最近引っ越しをしたんですよ。で、引っ越しをした話を急に言われても困るでしょう（笑）。元々、あんたがどこに住んでいるのか知らないよって話なんだから（爆笑）。渋谷のほうに住んでいたんです。いや、元々は、目白ですよ。五代目の柳家小さんが〝目白の師匠〟というあだ名があったぐらいで、住んでいるところの地名を言う

訳、（高座に）出てくると、

「目白！」

なんて。昔はそうなんですよ。セキュリティとか何にもないの（笑）。だから、お客さんにまで、電話番号が知れているんじゃないかってぐらいの勢いですよ。で、実家ですから、そこでわたしは二十三歳まで暮らしていたんです。で、目白小学校って、学習院の前の小学校に通っていたんです。だから、『課外授業　ようこそ先輩』ってＮＨＫの番組にも出させてもらいましたよ。六年一組で授業しました。

で、そっから真打になって実家を出て、目黒区だの渋谷区だの、二十年間フラフラしていて、で、この節まあ、親孝行もしたくって、うちの近所に越してきたんですよ。高田馬場と目白の間ぐらいのところに今住んでいるんですね。で、それはもう、ネットで調べた訳。「その近くで何かないかな？」って出てきたのが、なかなかいい物件だったんで、その家をね、まあ、勿論賃貸ですよ。でも、一軒家なんですよ。今、そこに入っているんです。今年の春ぐらいなんですけれどもね。

越してみて、面白いことがいろいろ見つかるんですね。その家の近所に、三遊亭圓朝、あの名人が作った『怪談乳房榎』という噺のモデルとなったお寺があるんですよ。

で、我々は、柳家一門というのは、入門して最初に演る噺ってのがあって、太田道灌が出る噺。落語を何度も聴きに来たことがある方でしたら、聴いたことがある話だと思います。『道灌』ってタイトルです。隠居さんがね、ハチ公と話をしていて、後ろの掛け軸にね、太田道灌が、ええ、

「七重八重　花は咲けども　山吹の　実のひとつだに　なきぞ悲しき」

って、娘と交わした古歌、昔の歌を、

と、

「お貸し申す蓑がない」

「雨具がないんですよ」

と、「実」と「蓑」をかけたお断りですという歌を交わした場所っていうのが、それも近所に石碑みたいのがあったんですよ。だから、それは柳家の芸のはじまりのエピソードになったその土地にわたしは、今、いるってことなんですね。それも、住んでから分かったんですよ。面白いですね。

今年ねえ、初めて同窓会っていうのがありましたよ。二十八、九年ぶり、三十年ぶりに中学の同級生と会うってことになったんです。で、わたしが今住んでいるところ、わたしは目白ですけれども、その高田という地域なので、そことお互いの小学校が一つの高田中学校というところに集まってきた訳。だから高田中学校というところで会ったの

は、半分は目白小学校で知っているお友達、半分は高南小学校ってところから来た知らないお友達だった訳。今、その高南小学校の近くにいますから、こっちの同級生がいっぱい住んでいるってことが、住んでから分かったんです。だから、町会長って人に挨拶に行ったら、町会長さんの娘が同級生だったとか、あとで分かる訳。驚きましたね。

で、同窓会に行きました。百五十人の中で、五十人くらい出てきました。ぼくは全員と話をしたいと思った、五十人と。中にはね、殆ど口を利いたこともない人もいるの。中にそういう女性がいたんですよ。で、話をしたら、向こうから言われました。

「九（きゅう）とは……」

わたし本名は、小林九（きゅう）っていうんですよ。

「九とはさぁ、中学三年間で、一回も口を利いたことがないね」

って、はじめて口を利いた訳ですよ（笑）。

「ああ、そうだね、言われてみれば」

と、言う。でも、話しかけたらね、もう、半分以上が口を利いたことがないんですよ、わたし。今回百五十人のうち、五十人出てきたの、二十五人ぐらいは口を利いたことがないの。でも、二十五人を含めて殆どが、

「ウチの同級生に、芸能人、いるんだぜ」

って、皆、云ってきた人生だったんですって(爆笑)、

「落語家がいるんだぜ」

みたいな……。皆、「どの番組観た」とか、「前、番組に出てたよね?」とか、「街ですれ違ったけど、声かけなかった」とか、そんな話になっていたんです、皆。で、その女性と話をしてて、ええ。で、何となく住んでいる場所で、「最近越したんですよ」って言って、で、住所を言ったら、驚くのね。

「もう一回言って」

「こうこうこう」

って、言ったら、

「私、前に住んでいたところ、そこかも知れない」

って、話になって、訊いてみたら、生まれてから中学を出るまで住んでた、その一回も口を利いたことがなかった女性の家に、ぼくが今住んでいることが分かった(笑)。びっくりしましたねぇ。いろんなことが起きていますよ。

この間、歯茎から血が出たんで、近くの歯医者に行ったんですよ、近所のね。で、結果的にぼくは、歯が歯肉炎みたいになっているんだと思ったら、違うの。真面目に歯磨きしすぎで、切れて歯茎から血が出ているだけだったんですよ。柔らかく磨いていれば

何でもないとあとで分かるんだけど、その先生のところに行きました。

そしたらね、先ず歯を診て、で、

「クリーニングしましょう」

って、言って、先ずね。フッ素みたいな奴、何ていうんですか、キシリトールみたいな奴で、ピシャーって凄い液体で、キューっと歯をこう、痛いぐらいなんですけど、裏表キレイにクリーニングするのね。で、先生が歯のことでどうしても知って欲しいことがあるからって、面白いプレゼンをしたんですよ。で、どういうプレゼンかっていうと、あの、

「いいですか？　小林さん、知識として言っておきますけれども……」

と始まって、で、どういう話かっていうと、これ、皆さん、知ってましたか？　歯磨きは、朝はいつやりますか？　って言うの。食事の後ですか？　前ですか？　って訊く。で、ぼくは、

「後です」

「ああ、それはいけませんね」

「どうしてですか？」

って、言ったら、先ず起きてすぐ磨いたほうがいいって言うんですよ。これは、その

先生の説じゃないんだけど、ある先生の説で、つまり、寝ている間に菌は広がっていくらしいじゃないですか。で、それを歯を磨かないで食事をすると、菌を取り込むでしょう。その菌は、便一〇グラムと同じ数なんですって（……笑）。落語も喋らずこんな話ばっかりをして、何を考えているのか、わたし（笑）。便の一〇グラムと同じ細菌を取り込んでいることになるんですって。だから、それは、その先生は、ある本を読んでそうだと思っているって話なんで、その本を書いた人の説なんですよ。で、これはインフルエンザも危ういんじゃないかって、菌を取り込んでいるから、自分で。つまり、寝ている間に、ドンドンドンドン、菌は、もう、何倍なんてもんじゃない、凄く増殖しているらしいんです。でも、普段から我々は唾液で菌を殺しているそうで、それが寝ると唾液が止まっちゃうから、もう、三時間や四時間で凄いことになる。七、八時間で、めっちゃくちゃ凄い菌になっているそうなんですよ。だから、

「起きたら、まず、歯を磨いてくれ」

って、言うんですね。まずそういうプレゼンがあって、歯をキレイにするでしょう、ね？　で、キレイにした後すぐに、チョコレートをぼくに出すんですよ、その先生が（笑）。ダースって奴。アーモンド入り。先ず、「二個、食え」って、

「二個、食え？」

言われるまんまに、食べましたよ。ああいうときに食べるチョコって、美味しくないのね（笑）。チョコの味はしているけれど、だって凄くクリーニングして、キレイになった途端に、「食え」って言うんですよ。いじめみたいな感じですよ。二つ食べて。そのあと、何か「お茶ある？」って助手の人に訊いて、綾鷹ってお茶をコップに注いで差し出すんですよ（笑）。

「本当は温かいほうがいいけど、まあ、これでいいや」

って、言って、このお茶を、グブグブグブグブしてくれって、まあ、飲み込んでいいからって言って、やって、

「今、どう？　口の中」

って、言う。

「さっきチョコを食べたときはベタっとして」

「そう、あれは糖質だから。で、お茶飲んだら、どう？」

「まあ、さっぱりして、さっきのクリーニングしたのと同じような状態になりました」

「そういうことなんだ！　ねっ、分かったでしょう」

って、もの凄く圧のあるプレゼンをする先生なんですよ（笑）。で、

「『饅頭怖い』のオチ、言ってみて！」（爆笑）

突然、こう言ったんですよ（笑）。

「はぁ（笑）？　……あとは、苦い茶が一杯、怖い……」

「それだぁ！」

って、言うんですすよ（笑）。

「ね⁈！　苦い茶が一杯怖い！　これなんだよ！」

もう、半分何を言っているのか、よく分からない（爆笑）。つまり、それでいいんだと……。口のさっぱり感を保っておけば、歯なんか磨かなくって大丈夫なんだ。それほど菌が蔓延することのほうが危ないんだっていうんですよ、口の中は。朝、起きてすぐ磨く。それは年配の人は割とそうしてるって話でしょう？　でも訊いたら、その後の世代は学校の教育で3・3・3運動って、一日三回、食後三分以内に三分磨くみたいな。で、それのお陰でそういうことになっちゃったけど、本当は朝起きてすぐ磨く。勿論食べ終わっても磨いたほうがいいんですよ。そういう話なんですって。で、「それだと風邪をひかない」みたいなことを言うんですよ、先生が。まあ、それが本当かどうかは分かりませんよ。でも、とりあえず、そういう話で、落語でプレゼンしたので驚いたんですよ（笑）。『饅頭怖い』……。あとで聞いて分かったんですが、その先生は、桂枝雀の曾孫さんだった訳（笑）。しかも、我々が今頭に浮かぶ枝雀師匠じゃなくって、初代の桂枝雀。あの、ご存じの枝雀師匠は、米朝師匠のお弟子さんでしょう？　二代目なんです。初代はもっと前の時代、だから、曾孫なの。で、お祖父さんの代に大阪を捨ててこの土地に来たんですって。それなのに、まだ落語で、歯医者をやっているんですよ、その人は（笑）。だから、この人は落語家になったほうがよかったんじゃないかと思った訳。そんな人がウチの近所にいるって話ですよ。……それほど長い噺にする必要もなかった（笑）と、思いますがぁ……、面白いですね。ええ、だからこう、新しい知識が入ってくるっていうのは面白いですよ。結構目からウロコでした。

で、結局その歯医者さんは、そのなんていうんですか？　歯肉炎じゃないことが分かって、単なる磨き方がきつすぎたってことが分かって、で、二回行ったんで、二回目で、

「大丈夫、来なくていい」

って。ええ、もう、行っていないんですよ。でも、可笑しいんです。一回目と二回目の間に何が起きたかと言うと、急に二回目で恐縮しているんで、

「やぁー、悪かったなぁ」

って、言うの。先生が（笑）。もう六十近い先生ですよ。「何がですか？」って訊いたら、

「昨日、千葉テレビ観たよ」

って、言うんですよ。その先生はたまたま、その前日に千葉に行って、千葉テレビをつけたらわたしが出てたって言うんですよ（笑）。ぼくも三年に一回ぐらいしか出ないテレビですよ。そのたまたま千葉に親戚がいて行ったところ、たまたまテレビつけたら、わたしが出てて、『刀屋』って落語を演ってて、

「あんた、真打なんだってね」

って、初めて知ったんですよ（爆笑・拍手）。

「悪いことしたなぁー」

って、言ってるんです、先生が（笑）。

「洒落だと思って、聞き流してくれぇ」

って、だから真打だと思わないから、

「『饅頭怖い』のサゲ言ってみて」

って、言ったんですって（爆笑・拍手）、前座だと思って、顔が若いから……（笑）、そういう話なんですよ（笑）。

落語のほうには、え〜（笑）、乱暴者が出てまいります。ねえ、能天熊にガラッ八、まあ、能天気な熊と、まあ、ガラッ八の八五郎ってんですね。ええ、大変に親不孝者が出てくると、噺の幕が開いて、

「おう！　大家さんよ！」

『天災』へ続く

わたしも相当そそっかしい

二〇一五年十二月四日 イイノホール
柳家花緑独演会 花緑ごのみ Vol.32『粗忽の使者』のまくらより

粗忽者って人がおりますけれどもねえ。落語の世界ではそそっかしい慌て者、ねえ？ モノを忘れちゃう健忘症みたいな人のことを、粗忽者と呼んでおります。でも、この粗忽っていうのも、まあ、今、死語のようで落語の世界では生きておりますが、そそっかしい人っていうのは、そこ彼処（かしこ）におりますよね？

そりゃ、皆さん、素知らぬ顔をしておりますけれど（笑）、どうですかね？

わたしねえ、随分以前の話ですけれども、これは。お医者さんですよ、風邪ひいて行ったんですよ。それで、その先生はもの凄く恰幅のいい……織田無道みたいな感じの先生なんです。

「薬は、じゃあ、このくらい出しておきましょう」

って、言って、大変信頼のおける感じです。いつもマスクをしておりますから、全体の顔は知らないんですけれども、殆ど、頭の毛を剃っているんですね。本当にお坊さんみたいな感じなんですよ。で、この先生に、

「大丈夫ですよ」

って、言われると、凄く大丈夫な感じがするんです。

で、風邪をひいたんで、その先生を頼って行ったんです。

「じゃあ、お熱、測りましょう」

って、言ったら、看護師さんが可笑しいんですよ。わたしのおでこにパッと手を当てたんです（……笑）。ハッハッハ、そこでね、二秒ぐらい空気が固まったの。

「えっ？」

って、言って。ありえないでしょう。先生、激怒しましたよ。

「体温計に決まっているだろう！」

「はぁっ、はあ、どうも、すみませぇ～ん」（爆笑）

って、これだけの話なんですよ（笑）。わたし、お母さんかと思いましたよ（笑）。そういうことね。びっくりするようなことが起きますよ。

あのねえ、弟子が今、十人おります。……弟子の中でもそそっかしいの、いっぱいいるんですよ。まあ、名前出しませんけど、誰とはね。ついこの間の話ですよ。

あの、フェイスブックってのをやっています。会場（ここ）で今も繋がっている方、何人もいらっしゃると思いますけれども。あのう、一つ、投稿を出した。と、いうのが、去年の反省からなんです。去年の十二月に、インフルエンザを発症しちゃったんです、わたし。で、二つの仕事、結局飛ばすことになって、大変ご迷惑をおかけした訳。で、インフルエンザになっちゃったものは、「しょうがない」っていうかも知れませんが、プロはそういうことを言っちゃいけませんよ。

先ず、準備をしてなきゃ、ダメでしょう？　で、わたしはインフルエンザの予防接種を受けてなかったって話ですよ。これ、ダメでしょ？　社会人として。だから、

「これ、イケない」

って、思って、今年はちゃんとインフルエンザの予防接種を受けたんです。ウチの近所の町医者で、やってきましたよ。今回は四種類のなんか、ワクチンっていうの？　アレが入っているのね。ウイルスを対策するようなことになっている。

やりました。で、何か証明書みたいな紙をくれる訳。「あんた、打ちましたよ」みたいな奴。で、これを写真に撮って、フェイスブックに投降したんです。アップした訳、はい。で、ここまで、先ずいいですか？　で、文章には書いたんです。

ね？

「昨年」

「昨年、インフルエンザを発症しまして、たくさんのお客様にご迷惑をおかけいたしま

した。今年は、予防接種をちゃんと受けましたから、大丈夫ですよ」

って、いう文章ですよ。勿論、わたしもね、予防接種すれば一〇〇パーセント予防出来るとは思っていないですよ。言い訳が立つでしょう（……笑）？　うがいも手洗いも予防もしてると、

「しっかりしてたのに、ひいちゃったよ」

って、いうと、

「まあ、しょうがないかな」

って、いう……、それが、

「えっ、予防接種してなかったの？」

って、なると、社会人としてダメですから、だから、それがないように今年は打った訳。で、そういう文章を書いたんです。

で、話は変わって、ウチのその弟子っていうのがね、例えば、次の日に藪伊豆さんって、『落語とそばの会』って、二か月に一度やる仕事があるとするでしょう。そうすると、付き人で来る弟子がいるとするじゃないですか？　そのお弟子さんっていうのは、その、付き人で行くんだから、次の日、何時に師匠のお宅に来てカバン持って、その現場行く時間をわたしに訊くのに、前日に電話してくるってのが、決まりなんです。で、

前日に電話がくる訳ですよ。で、ぼくがいれば、すぐ電話に出て、

「はい、明日は、朝十時に来てね」

って、で、着物は要るか要らないかとか、指示するんです。付き人がカバン持ちだったら、着物は要らない。でも、高座返しとか、一席喋る前方であったら、「着物を持ってくるんだよ」とか、そういう打ち合わせをする訳。で、わたしが電話に出られないと、それが留守電に入っているんです。「明日、何時に伺いましょうか？　また、お電話します。ガッチャン」みたいなことですよ。

で、ある弟子から電話がかかってきて、次の日、ちょうど、藪伊豆さんですよ。『落語とそばの会』。で、留守電に入っている録音を聞きました。

「師匠！　フェイスブック見ました。インフルエンザになったんですね、師匠（笑）。お見舞い申し上げます。で、明日の藪伊豆さんの付き人は、何時に伺ったらよろしいでしょうか？」

カチャって切れている訳。……びっくりして、折り返し電話しまして。

「もしもし」

「ああ、師匠！　大丈夫ですか？」

「あのさぁ、フェイスブック見た？」

「はい、大丈夫……」

「ちょっと待って、ちょっと待て。もう一回フェイスブック見て、投稿ちゃんと読んで、電話してきなさい」

ガチャンって、切ったの。三分後、

「すみませぇんでした！　師匠！」

って、こういう話。もし、わたしがインフルエンザであれば、明日は独演会、演れないでしょう？　「中止ですか？」とか、言うじゃないですか？　言わないんですね。だから、その、勘違いしたのと、明日仕事に行くってのが繋がってないんですね。行ったら、どうなります？　その彼にも、感染るし、そうでしょう？　で、『落語とそばの会』なんて、もう密室で演ってるんですから、百人ぐらいの畳の座敷ですから、もう、全員感染しますよ（笑）。中止に決まっているじゃないですか。で、明くる日になって、

「師匠、昨日はすみませんでした」

「いやいや、いいよ、別に。間違いだからね。おまえも、ちゃんとよく読むんだよ」

「わたくし、なぜ間違えたのかを自分で考えました」

って、言うの（笑）。

「はぁっ？」

「師匠が、『昨年は〜』って書いたところを、『昨日は〜』って読み間違えたんです。そのように読み間違えると、全部昨日のことだと信じ込んでしまう自分がいました。終わり」（笑）

みたいなことを言ってる訳（笑）。あたかも、師匠が「去年は〜」と書いてくれれば、自分は間違わなかった——みたいな言い方なんですよ。びっくりしましたね、緑助ってのは……、ああ、名前言っちゃいましたけど（爆笑）、とにかく、そういうそそっかしさってのはある訳ですよ。

でもね、弟子の悪口を言っていると思うかも知れませんけれども、わたしも相当そそっかしいんですよ、はい。言わせてもらいますけれども。これも数年前の話ですが、あのねえ、尾籠（びろう）なお話で申し訳ないんですけれど、もう、落語家には一つ職業病があるということを、告白しなければいけません。その告白は何かっていうと、〝痔〟になりやすいってことです（笑）。ご存じですか？　お尻ちゃんにとってですね、この、着物を巻いて、正座しているこんな悪環境はないんです。最悪なんです、お尻にしてみれば、

「もう、止めてくれぇ！」

って、感じなんです（笑）。ハッキリ言いますけれども。だから、なるべく腰を浮かせて、お尻を丸出しにしながら喋りたいぐらいなんです。でも、そんなことは出来ない

でしょう？　で、多くの先輩たちが手術をしています、痔の手術を。

　で、結構前ですね、あるときそういうことがあって、わたしが、「ちょっと、ヤバいかな」って、出血があって、で、次の日、病院に行ったんですよ。

　で、わたしは、告白その二ですけれども、字の読み書きが苦手です（笑）。……いや、そこ、「アハハッ」って、あの……（爆笑）。学習障害です、ハッキリ言いますけれど、読み書き障害、ディスレクシア、小学校一年生から中学三年まで国語はほぼ〇点です。字の読み書き、出来ません。でもね、そういうディスレクシアとか、そういうものって、スティーブ・ジョブズだったりとか、スティーブン・スピルバーグだったりとか、トム・クルーズとか、エジソンとか、いろんな人がそうだとカミングアウトしているから、「ちょっと天才病かな？」って、思っている訳ですけれども（爆笑）。

　で、問診票を書かなきゃいけないんです。来ましたよ、問診票。それで、「何て書こうかな」って思って、

「朝から、血が出ました。痔の疑いあり」

って、書きたかったの。その当時は、携帯電話はガラケーって奴ですよ。今、ぼく、スマホにしていますけれども、で、これで調べて字を書こうと思って。先ず、間違えちゃいけないのは、〝血〟っていう字を、〝皿〟っていう字にしないようにってところね

（爆笑）。

「どっちだったっけなぁ、あっ、点が入るほうが血だ」

みたいな、そのくらいの感じですよ（笑）。だから最初っから、〝疑い〟って字は書かないことに決めていました（笑）。あんなごちゃごちゃした細かい字は無理だから、「うたがいあり」って書きました（笑）。

でも、問題は、痔という字ですよ。

付き合ったことがないから、そんな字と（笑）。まあ、痔と字ですけど、本当に（笑）。あれは、〝やまいだれ〟に寺ですね。それで、痔という字になる。で、ガラケーって奴で検索したら、パッと出てきた。

「あっ、知ってるこの字だ！」

と、思って書いたの。で、問診票を出したの。で、何か不安がある訳、わたしも、自信がないから、もう一回携帯電話で調べたら、違う字を書いちゃってたの（笑）。何て書いたか？　〝やまいだれ〟に寺でしょ？　寺は書いたの。ところが〝やまいだれ〟を書かなかった（笑）。下手側、人偏を書いちゃったの（爆笑・拍手）。「侍」という字を書いたんです（笑）。読みます、文章（笑）。

「朝から、血が出ました。侍のうたがいあり」（爆笑・拍手）

それが診察室の奥へ行った訳（笑）。だから、呼ばれて入るじゃないですか、お医者さんが妙に優しいんです（笑）。

「……はい、どうしましたかなぁ～」

みたいな（笑）。「きっと心の病だ」と思ったんでしょう？　これ（爆笑）。朝から、侍になっちゃって、

「血が出たでござる！」（爆笑・拍手）

って、きっと言っている子が、来ちゃったんだと（笑）。ぼくは、アッハッハ、もう、

「すみません。……お尻が……」

って、多分別の科に連れていこうと思っていたんだと思うんです。侍だと思って（爆笑）、先生は、

「あっ、痔ですか？」

って、ことになって、（別の科の準備を断りに行かなきゃいけないようで）席を外したんですよ。で、その診察室の狭い中に、わたしと問診票だけになったんですよ（笑）。だから、慌てて、〝やまいだれ〟を上から書き足したんです（爆笑）。わたしが一番そそっかしいと思います。そういう話です、ええ。弟子のことを悪く言えません。本当にそう思いますね。

ですから、そそっかしいという話は、今も昔も変わらないと、わたしはそう思っております。このお話は、昔のお話でございます。杉平柾目之正様というお大名、その御家来で、地武太治部右衛門という人、この人がそそっかしいということなんですね。そそっかしい上にどこかのんびりした性格もありますね。で、このお大名というのは、この髪ですけれども、ちょんまげを結ってますね。月代っていうのがあって、つまり、毛がないところがあるじゃないですか?

『粗忽の使者』へ続く

シンクロニシティの作り方

二〇一七年十月二七日　イイノホール
柳家花緑独演会 花緑ごのみ Vol.35『シンクロニシティの作り方』より

え〜、ご来場でありがとうございます。

（客席　花緑さん！）

はい、ありがとうございます。

（客席　待ってました！）

あっ、ありがとうございます（笑）。……他にご意見はございますでしょうか（爆笑）？　ありがとうございます。え〜、年に一回の『花緑ごのみ』という会なんでございますけれど、早いものですね、一年前に演ったたんですけれど、もう一年が経った訳でございまして、この会だけお越しの方は、何か柳家花緑という人間は、この会しか仕事をしていないという風に思ってる方がいらっしゃるようでして（笑）、意外とあちらこちらで、お喋りさせていただいております。でもお陰様で、たくさんこの会には、自分の知っているお客様ですとか、何時も落語会をやっていただいている世話人さんですとか、いろんな方が集まっていただけますから、何かわたくしは身内の集まりの会みたいな、そんな気持ちもありますね。こっからこう見ていると、そんな方が一堂に会して、「あっ、あの人元気そうだな」だとか（笑）、いろいろ安否確認をする会、そんな感じもある訳でございます（爆笑）。ですが勿論初めてお越しの方も当然いらっしゃいますし、何か大きな多大な期待をして、ここにお入りという……そういう方もいらっしゃるかと思いますけれども、まぁ、ご期待に添うかどうかは、演ってみないと分からないというところもあるんでございますけれども……。

先週の日曜日にはわたくし、水戸におりました。まぁ、黄門様には会えなかったんですけれども、勿論、おりませんが……、まぁ、納豆のお土産は持って帰りましたが、水戸納豆で有名な水戸でございますね。水戸芸術館というところでの落語会ですね。

そこの落語会を演っている芸人というのは、大変数少ないんですね。以前は米朝師匠と小三治師匠が交互に演るという……もう、スペシャルな会でございます。その当時は達者な落語家ってことでしたけれど、この二人が人間国宝になる訳でございますから、もう、そういう方が出ているネタ帳を先ず見せられる訳ですよ（笑）。「はぁー、凄いなぁ」って、思って。で、最近は誰が来ているかっていうと、『ガッテン！』の志の輔師匠と（笑）、『笑点』の司会の結婚出来ない……結婚出来ない訳じゃない、あのう（爆笑）、独り身を謳歌している昇太師匠と、独演会……。が、交互にネタ帳にあって、今年になって、三三さんがそこに入ってくるような、で、たまに、バラエティーショーみたいな感じで、独演会じゃない、何人かが、出る会があって、そこのトリを務めているのが、我が先輩の柳家さん喬師匠という……もう、間違いのない凄いネタ帳でございますね。で、その会のわたくしが、今回で五回目くらいの会をお陰様で演らせていただいて、で、四百何十人という中ホール的なところがいっぱいになるという日が、台風が来る前日でございましたね（……笑）。

その水戸の芸術館は、最初の年、台風が直撃をいたしまして、あたしが前乗りをして入って、でも、上手いこと台風が避ける場所みたいで、お陰様で滞りなく演れたんでございますけれど……。一年目がそれで、今回五周年の記念の会が台風の前日であるという（笑）、で、台風の当日よりも、台風の前日の日曜日のほうが、ご存じのように、ご記憶のように、たくさん雨が降ったんで、水戸も、もの凄い降って、ちょうどお客様が来るという開場時が一番雨が強いというですね（笑）、誠に申し訳ない開演になりまして……。

その結果どうなったかといいますとですね、一席目『親子酒』というのを演って、二席目に『目黒のさんま』というのを演ろうと思って、まくらを振っていた時に、その、……何て言うんですか、Ｊアラートみたいなモノが鳴ったんですよ（……笑）。で、Ｊ

アラートじゃないんですよ。その水戸の、あそこの県がやっている警報なんですよ。

「近くの那珂川という川が、氾濫しそうです」

と（笑）、……もう、曲を忘れましたけれど、

♪　ペレブーブルブルペレブー（笑）

結構な音圧で、だから、そこで携帯電話のスイッチを切っていない人が分かった訳ですよ（笑）。

「あっ、この人は電源を入れているんだな」

みたいな感じで鳴りまして、で、お客さんに訊いたら、那珂川が氾濫しそうな危ない水位にもうすぐ達するということなんですよ。で、

「これ、大丈夫なんですか？　落語会、演ってられるんですか？　今」

って、ぼく、那珂川ってところの位置が分かっていないんで……。そうしたら、お客さんがいろんなことを言うんです。

「大丈夫だ」

とか、

「ウチは平気です」

とか、

「お宅は、どこなんですか?」(爆笑)

って、訳の分からない会話を、ずっと交わして、途中だから、中断ですよ、これ(笑)。そしたら、何か二階席のほうで喋っている人がいて、

「大丈夫ですよ、ここは」

なんて言って、

「って、あなた、誰なんですか?」

って、言って(爆笑)。

「お客さんでしょう?」

って(笑)、

「あなた神の声みたいに、……いいんですか? これ、喋っていて」

って、言ってて。

「……いいんじゃないですか」

みたいな……。で、いや、ぼくはとりあえずね、ここがバァーンとか洪水で流されたってね、命がけで喋りますよ、

「死んだっていいんだ」

って、言ったら、

「ウワァァァァー」

　みたいな拍手になって（笑）。……まぁ、そういう嘘を軽くついた訳でございますけれども（爆笑）、もの凄く盛り上がって、で、結局、どうしたんだっけかなぁ、『目黒のさんま』を……（笑）、演る前に、もう一回鳴ったんです。はい、そんな風にグズグズ言ってたら、怒ったお客さんがいるんですよ。

「おい電源切れよ！」

　シーン、みたいな（……笑）。その警報まで温かい笑いに持ち込んだわたしの努力がゼロ（爆笑・拍手）！　もう、ぼくも冷や汗ですよ。

「大丈夫ですよ、お客さん。ぼくが今度警報が鳴ったって気にせずに演りますからね。全然へっちゃらですよ」

　ウワァァァァーって、また、元に戻って（笑）。……ただ言ったんですよ、お客様に。

「警報が鳴りながらね、ね？　避難したほうがいいとか、どうしたほうがいいとか、緊張しながら観るほどの芸を演りません、これから」

　って、言ったの（笑）。『目黒のさんま』ですから、わたしのバカ殿みたいな奴を聴いて、

「あっ、こんな芸だったら、帰ればよかったかな」

と、思うかも知れない。そういうお断りをして。それで、まあ、滞りなく会は終わったんですよ。それがこの間の日曜日のことでございましたね。

まあ、でも、お陰様で、この秋はやっぱり落語会が多いですから、福岡に行ったり、札幌にも参りました。ええ、名古屋に行ったりいろんなところで演らせていただくんですよ。で、今、八月に、わたくし、あのう、新刊が出まして、本をあちらこちらで、売らせていただいております。本屋さんがついでに落語会をやるみたいな感じになってありまして、え〜、もう、落語会の前にも、売る訳。いきなり開場したら柳家花緑がそこにいるんです（笑）、

「本を買ってください」

って、言うと、

「はぁぁぁ」

って、皆、買ってしまうという（笑）、その三〇分の間に。もの凄く買っていただいて……。で、こういうまくらを振ると、休憩中もまた売れて、終わった後もまたサインもしてというですね。サイン会をやって、大変忙しい。この前半に本を売るというのは、わたしも今までやっておりませんでしたけど、これは何かっていうと、林家木久扇方式といいましてね（笑）、あの『笑点』でお馴染みの木久扇師匠は、よく皆が、「不

味い、不味い」と言っているあのラーメン、あれを必ず前半で売るんです。なぜかっていうと、早く売らないと、賞味期限が切れてしまうからです（爆笑）。で、前半に売る訳。すると、皆、びっくりする。木久扇師匠がいきなり開場したらそこにいますので、で、皆、それで、

「『笑点』で言ってるあの木久蔵ラーメン、本当にあるんだ」

って、買うんですよ。で、あれ、本当に売れ残ると、賞味期限の問題がありますんで、売れ残ったのをお弟子さんが、客席を徘徊しながら、皆に買ってもらうという（笑）。で、休憩中にすべて売り切って、身軽に帰るというのが、木久扇師匠のやり方でございます。

わたしは、そういうのをやってなかったんですけれども、今回はまさにそれと同じような感じで、やらせていただいてる。

ただね、ラーメン売るのは大変だなと思いました。賞味期限があるから。「どうかな？」って思いましたけれどもね。これあのう、大阪の桂米團治師匠って人が最近ね、自分で、『米團治カレー』って、カレーを出しているんですよ（笑）。これは、ラーメンと同じですよ。やっぱり賞味期限がありますから。で、ちょっと軽く振ったんですよ、仲のいい兄弟子、大先輩ですけれどもね。兄弟子ですから、

「兄さん、どうなんですか？　このカレーは？」

って、言ったら、

「いや、花緑君ね、ちょっと僕言わせてもらうけど、本というものはね、一回買ったお客様はもう二度と買わないよ」

そりゃそうですよ、一回買ったんだから（笑）。

「カレーはね、美味しけりゃ何度も買ってくれるんだよ！」

「あっ！　なるほどぉ！」

っと、思って（爆笑・拍手）。「そういうことかぁ」と。一度買ったお客様がまた買ってくれると言うんですよ。確かにそれは本にはありません。そういうことを一つ学んだのが、ついこの間のことでございます（笑）。

まぁ、それは置いておきまして、わたくし、あちこちで、その本を売らせていただきました。今ね、その本は、どういうことかって言いますと、あの竹書房さんという出版社から出させていただいているんですけれども、まぁ、花緑のエッセイですよ。自分のことを書いたんです。ですから、今まで、落語の演目紹介というようなもの、落語の業界をご案内する、ご案内役として、まあ、その本に関わらせていただくってことが多かったですよね、ええ。

で、言ってみるとね、これは〝聞き書き〟というモノです、はい。で、こういう話はあんまりしちゃいけないんです。つまりタレントさんが出す本は、その人の本といってもその人が書いてないってことです。つまり、

「ゴーストライターでしょ？」

って言うと、それは違うの（笑）。……分かりますか？　作家じゃないから、わたし。別にゴーストライターかって、そういうことじゃない。あのう、わたしでいうゴーストライターは何かっていうと、これから喋る本題が、実は柳家小さんが演った録音で、それを口パクで喋る。これがゴーストライターみたいなもの（爆笑）。

「ええっ！」

って、

「花緑さんが喋っていたと思っていたら、あれ、小さん師匠の声だったの？」（笑）

詐欺ってこういうことですよ（笑）。だけど、逆にこれが出来たらね、誉めて欲しいぐらいです、これ（笑）。逆に合わせて喋れたら、凄いと思います。だから、それはね、違う訳ですよ。

でも、一応、聞き書きのインタビューってことで、こっちが喋ったことをプロのライターさんがうまくまとめてくださって、構成して、ちゃんと皆さんに読みやすくして、

出版するんです。

そりゃぁ、素人ですからね、わたしが書いた本じゃ、そりゃぁ、ままなりませんよ。どうにも。ところが今回は、その竹書房さんから出たこの本は、四年かかって、何か私自身が（……笑）、書いてしまうという……、暴挙に出た訳でございます（笑）。しかもね、竹書房さんの編集者さんがお付き合いしてくださったんですよ。そのちゃんと、最初は、その『笑う門には福来たる』という、その諺を、読み解いていこうぜという本なんですけど、でも、最終的に読み解いていこうぜと考えたのはあたしだけで、本当はそのタイトルの本で中身は、まあ、こうやって〝まくら〟で喋っているようなことをまとめたエッセイにしようと編集者さんは考えていたんです。だから、わたしのインタビュー、いろいろ質問がある中で、わたしがドンドンドン答えて、それを三回か四回、収録したものを文字起こしして、構成して校正紙というものが出来てくるんですね、本を見開いた紙で。その段階までできた訳ですよ。もうこれチェックして、わたしが「オッケー」って言ったら、もうスッと本は直ぐにでも出版する筈だったんですよ、最初の一年目で。

で、わたしがそこで、本当はそのタイトルは『笑う門には福来たる』なんだけれども、中身が違うから、そういうまくらみたいな噺だから、その『笑う門には福来たる』

た訳。

を読み解く本を書きたいと、思っちゃったんですよ。で、思っちゃったんで、言ってみ

「ちょっと、これ、直していいですか？」

って言ったら、編集者さんは、その部分を「ちょっと直す」と思ったから、

「どうぞ」

って言ってくれた（笑）。で、ちょっとじゃない、全部直すって話だったから、これがもう一年が一年半に、二年が二年半になって、三年ぐらいになって、もうこの本は出ないんじゃないかみたいな……、もう、途中大変ですよ。もう、竹書房さんとも、途中険悪になるかの如く、ねえ。ウチの事務所の社長も言ってましたよ。

「私の経験上、この本は出ません」

とか、いろんなことを言われて（爆笑）、それでもくじけちゃいけないと思って、

「まだ、行くんだ、俺は」

みたいな、

「絶対に出すんだ」

みたいな。で、

「秋口までに、直しの原稿をあげますから」

って、言って、全然あがらなくて、それが。そこから更に半年以上待たせたりとか、もう、余計おかしなことになって、ええ。で、去年の暮れぐらいから、やっと直したい部分が最後直せて、今年の夏に、やっと出た訳ですよ。で、わたしも自分で書きたいというのは、以前、あのう、『SANKEI　EXPRESS』という新聞がありましてね。それに何年も連載をさせていただいたんですよ。で、そういうので、何か花緑さんの文章面白いとか、持ち上げられたのに気をよくして、自分で書きたいみたいなことですよ（笑）。書いて、それでもかなり手直しはいろいろしていただきました。プロの目から見て、言葉が重複しているとか、ここは要らないんじゃないですかって、カットしたりいろんなことがあって、それで出る訳ですよ。

ええ、もう内容がね、もの凄く盛り沢山（笑）。多すぎちゃって結局、三百ページ以上書いちゃったの、一人で。新書ですから、普通はもうちょっと薄いんですよ。百五十ページぐらいでいいんですよ。なので、結局最終的には二冊分くらい書いちゃったんですよ。だから、今度は削る作業が、泣く泣く。「ここも削って、あそこも削って」みたいな。それでも結構な盛沢山、二百八十ページぐらいも、……あるんですよ。凄いですよ。

最後に記載しているのは、『おまけのだじゃれ小噺・１００連発』っていうのがあって（……笑）、そこに書いてあります。わたしが、『にほんごであそぼ』とかで作っただじゃれ小噺。一つ目は、こうです。

「カエルが学校から帰るよ。ゲコー（下校）」

これです（爆笑・拍手）。いや、今日のお客様は、お優しい！　これね、実は最後のページに、あのQRコードというのがあって、こうスマホとかで、こう♪　ピロリンとか撮ると、わたしが自分で喋っているこの百個のだじゃれ小噺を、録音で聴けるようになっているんですよ（笑）。で、竹書房の二十代か、三十代か分かりませんけれど、女性の社員の方、七、八人集まってもらって、会議室で、これを百個、わたしがライブで言うのを、お聴きいただいた。その録音、ライブ録音ですよ。

「お付き合いいただこう」

って、先ず一個目ですよ。

「カエルが学校から帰るよ。ゲコーっ！」

……シーン（爆笑）。ここから録音されている訳です（笑）。はい。

「あと、九十九個、おれ、大丈夫かなぁ？」

って、自分を心配しながら（笑）、演っています。これが最後です。

で、これは読み解きという謎解き風になっておりますけれども、その『花緑の幸せ入門「笑う門には福来たるのか？」～スピリチュアル風味～』は、本当に、笑う門には福は来たるというものはあるのか？　笑っていれば福が来るのであろうか？　というようなことを、花緑が真剣に真面目に、笑いとは何か？　ということを科学的に検証しようみたいな、科学者でもないのに（笑）。

で、科学者に出てきてもらっているんですよ、村上和雄先生という本物に。対談しているところがあったり。

で、あのう、凄いですよ。和歌山のほうのクリニックの先生にも、西本真司先生って方にも、お出ましいただいて、その方は、その本を出すちょっと前ですよ。笑いの実験を私を使ってやっていただいたんですよ。本当に和歌山県に行って、二百人ぐらいのお客様、殆ど、わたしを初めて聴くっていうお客様ですよ。言ってみると、アウェイ空間ですね。何の癒着もない（笑）、別に今日が癒着があるって言っている訳じゃないんですけれども（爆笑）。で、そこへ行って独演会です。『初天神』と『井戸の茶碗』を演って、で、笑いの実験ですからね、こう、脈拍を測ったりだとか、いろいろして、で、紙に書き込む訳。で、いろいろ項目がある中で、例えば腰って項目があったときに、これが一から一〇までで、こう、レベルを測ってもらうの。

今、腰が、一は軽い。一〇は一番重いってことですよね。で、自分で腰の感じが今日は、「六ぐらい痛い」みたいなことですよ。ね、こう、落語を聴く前。で、散々二時間笑った後に、また、こう、そこに自分でチェックするの。さっき「六痛い」と書いてあった部分は、笑ったことによって、これが四になったとか、三になったとか、そういうことですよ。で、そういう、いろいろな集計結果で分かったことは、七十何パーセントの確率で、皆、身体が改善されたっていうんです（笑）。わたしの落語を聴いて……、そういうデータが取れた訳（笑）。そしたら、なんと凄いですよ。その中で三人、わたしの落語を聴いて、「痛みが増えた」って人が出ちゃった（爆笑・拍手）。……そういうことも書かれている訳。もう、円グラフで誰が何人どういう状態でって、全部、明らかになっております、はい。結構なことですよ、この本は（……笑）。

で、その本題の前に、落語のまくらのような感じで、二つの告白というものを書いております。で、一つはわたしにその発達障害とか、学習障害ってものが、子供の頃からあって、それがこの三年ぐらいの間にやっと分かったって話が、そこに書いてあります。わたしは子供の頃から落ち着きがなくって、だから、その発達障害、多動性って奴ですよ。で、忘れ物も、もう何度も繰り返すし、で、やたら、こう、多弁症……、多弁症って分かりますよね？　別にウンチがいっぱい出ちゃう病気じゃないんですよ、これ（爆笑・拍手）。

「今日、これしか食べてないのに、こんなにこんもりくん」

って、そんな話じゃありません（笑）、いっぱい喋る。だから今、これ、わたしが喋っていられるのは、その多弁症のお陰なんじゃないかっていうことなんですよ（笑）。で、そういう発達障害の人は、空気が読めないなんてことを言われて、これはＫＹって奴ですよ。でも、これはしょうがない。名前に書いてある。ＫＡＲＯＫＵ・ＹＡＮＡＧＩＹＡで、ＫＹです（爆笑・拍手）、しょうがない。

で、もう、漢字の読み書きが出来ない。そういうものも、全部通知表をそこへ載せて、文春でもフライデーでもないのに、この告白度を誇るというぐらいの本になっております。

で、もう一個の告白は、自分がスピリチュアルとか目に見えないことが好きなんだって話も、そこに書かせていただいて、で、それを読むと、その本題が、「読みやすいぜ！」っていうことでございます。で、これは、もう、自分で書いた本って思い入れが強いからか分かりませんけれども、もう、さっきも言うように、いろんなところで、そのなんでしょう？　出版記念落語会の如く、誰もそんなことは言っていないですよ。勝手にわたしが、もう主催者さんがびっくりしちゃって、

「あの、前でも売ります」

「えっ、開演前？」

「開演前に売ります」

「ええ？」

なんて、いうのを無理やりやる訳ですよ。そうすると、一回のライブで八十冊とか、売り切ったりする訳ですよ、はい。だから今、手売りで七百冊以上、もう、売っているんでございますねぇ（笑）。結構ですよ、一人で七百冊を売るというのは。でもね、世の中に流行っている本って、……今、全然シーンとしていますけれども、これぇ（笑）、「十万部突破とか」簡単だと思うでしょう？　大変なことですよ、十万部って。だってここで、これだけ聴いたって読まない人が多分いっぱいいる筈ですから（笑）。「買ってくれ」って訳じゃありませんけれど、売っております。電子書籍にもなっている訳でございます。アマゾンでも買うことが出来るんです。


今日は、一席目のタイトル、変なタイトルが書いてあります。『シンクロニシティの作り方』というですね。これは、本の中に書いてあることなんです。その人間というものは、何か幸せに生きるために、何でしょう、日常を楽しくする秘訣として、何かわたしがこういう現象が好きで書いたんですね。つまりどういうことかって言いますと、あのう、シンクロニシティってのは、心理学の博士のカール・ユングって人が提唱したっていう……。で、カール・ユングさんって言ったたって、別にあのう、あれですよ、麦わら帽子をかぶって（笑）、……はい、野山でスキップしているおじさんじゃないんです（笑）。あれは、おやつのカールですから（爆笑）。カール・ユングさんです。

で、これは日本語で言うと共時性って言うんだそうですね。意味のある偶然の一致――なんてことをいって、シンクロニシティ。例えば家の花瓶が、家の中でね、急に落ちて割れた。

「ああ、花瓶が落っこって、割れてしまった」

で、どのくらいかして電話が入ります。病院でその家のお婆さんが息をひきとった。亡くなったんだ。と、いう電話です。これ今、譬え話をしているんですよ。シンクロニシティとは何かって話です。で、お婆さんの亡くなった時刻を訊いたら、さっき花瓶が落ちて割れた時刻と同時刻だったたって、話なんです。

で、これは意味のある偶然の一致、その身内は聞いて分かるんですよ。つまりこれはどういうことか？

ああ、お婆さんがこれは生前とっても大事にしていた花瓶で、いつも花を活け替えて、嬉しそうに飾っていた花瓶である。これが落ちて割れたってことは、自分はもう、あの世に行くんだよというサインを身内に送ったかも知れないと、見て分かる――意味のある偶然の一致ってことですよ。

　こういう不運、たまたまだ、偶然だって言ってしまえば、それまでなんですけれど、こういうことだって思って見ていくと、世の中いろいろ面白いことがある。これは自分では、計算出来ない。自分からはどうにもならないことだって、話なんですよ。どっか、神憑り(かみがか)りと言っていいか分からないけれども、どうしてこういうことが起きるのか分からないけれど、不思議なことが起きるねってことです。だから、こういうのを普通に聞き過ごしてしまうのか、「あっ、面白いことが起きた」とか、「はぁー、そういう意味のあることが起きたんだな」って思えば、……その日常も意味のある日になる。忘れられない日になるって話ですよ。ねえ、意味のある偶然の一致ってことですね。

　我々の先輩で笑福亭鶴瓶師匠ってのは、大変シンクロニシティがたくさん起きる人でございます。で、いっぱい起きるんですけれど、シンクロニシティって現象だってことを知りませんから、わたしがお教えしました。

「(鶴瓶の口調で)ほぉう、そうかぁー。シンクロニフティ?」

「ニフティじゃありません(笑)。シンクロニシティ」

　もう忘れると、たまに電話がかかってきて、

「(鶴瓶の口調で)あれ、なんやったっけ? シン、何ニフティやったっけ?」

「何ニフティじゃないんです（笑）。ニフティは忘れてください。シンクロニシティです」

何度も何度も言っている。で、鶴瓶師匠に起きたのはどういうことかっていうと、あるとき落語会をやっていて、終わって楽屋にお客様が訪ねてきた。その女性が、先日、飲んでいる席に、鶴瓶師匠の三十年前のマネージャーさんがいたって言うんですね。随分昔のマネージャーさんですよ。と、何人かいる中で一緒に飲んで、鶴瓶師匠のあることないこと、ないことないこと、「いろいろ喋ってましたよ」って、告げ口したっていうんですよ。鶴瓶師匠はちょっと憤慨して、

「うーん、嫌だな、そんなこと。えっ、そんなことダメだよ」

で、その場で直ぐに電話をかけたって話なんですよ、鶴瓶師匠が。その女性のいる目の前で、

「（鶴瓶の口調で）今、聞いたよ。んなぁ、あることないこと、ないことないこと、勘弁してくれよ」

で、その人が、

「いやぁー、それは酔っ払っていたから、私じゃありませんよ。そんな誤解ですよ、違いますよ」

「困るぜ、そんなもの」

って、電話を切って、鶴瓶師匠が一時間後、どっかのテレビ局へ行って、トイレで用足しをしていた。手を洗おうと思ってパッと横を見たら、さっきの電話した三十年前のマネージャーがいるんですって。
「(鶴瓶の口調で) おお、さっきの話の続きやけどなぁ。本当に言ってないんだろうな?」(笑)
「言ってませんよ」
「(鶴瓶の口調で) 困るで、そんなこと……、っていうか、何でお前、ここにおんねん!」(爆笑)
って、こういう話です。……あんまりこの凄さが伝わってないようですね (爆笑)。ずぅーっと会わなかった人が、さっき話題になって電話して話したら、一時間後、その人はどこにいるのか分からないんですから、ずっと会ってなかった人と、突然会っちゃったって話なんですよ。これがシンクロニシティですよ。
だからこの話をちょうど聞いたときに、「シンクロニシティですよ」って、ぼくが鶴瓶師匠にお教えしたってことです。最近の鶴瓶師匠のシンクロニシティ、凄いですよ。ついこの間、静岡の清水ってとこで一緒になったときに、まくらでお客様の前で喋ってました。千五百人の会場、満杯です。勿論、鶴瓶師匠を見たくって、いっぱいのお客様。わたしも出演しておりました。

　そのとき、何を喋っていたかというと、最近インスタグラムを始めたって言うんですよ。ただ、鶴瓶師匠も使い方が分からない、インスタをやりたいけれど。で、一回チャレンジしたけどダメで、次、今度はどこかのお店で、

「よし、今日こそはインスタグラムをやるんだ」

　で、

「……うぅぅぅ、ちょっと分かんないなぁ……」

　隣に座っていた男の人が急に、

「あっ、手伝いましょうか？」

　って、言うんですって。全然知らない人なんですって。

「えっ！」

　って、言って。で、訊いたらこの人が、インスタグラムの社長だったんですって（客席　えっ――!!）。「ええー！」でしょう？　皆さん！（笑）もの凄いシンクロでしょ。あのおっちゃんは（笑）。ただもんじゃないんですよ、やっぱり。だから、こういう風に日常を喜んでいると、次々、喜びたくなることが起き始めるんですよ。

　わたしに起きたシンクロニシティは、最近九月ですよ、これ、ええ。あのう、この

二年ぐらいでね、二回引っ越しをしております、わたくし。まあ実家が豊島区の目白にあるもんですから、ウチの祖父がずっと住んでいたところに、今、母が住んでおりますけれども。で、一緒に住むのは同居ですけれども、近くに住むのを近居って言いますよね。やっぱり近居したいと思って、渋谷区から目白の近く、最初に越したところはね、あのう、高田の一丁目ってところですから、まあ、大体実家から二〇分ぐらいのところ。で、もう一回引っ越しをしたんですよ。それが実家から一〇分ぐらいのところ、もっと近くに来たいと思って。この二年ぐらいで二回引っ越しをした訳。

で、近くにね、氷川神社があったんですよ、それぞれ。で、最初の実家から二〇分ぐらいのところの高田にもあって、で、今度のところにもあるから、（ああ、これ氷川様ね、縁があるから、お参りしてこう）と思ってね……。二か所、初めてですよ。ひとつの神社を二か所参りしたっていうのは。で、二か所お参りしたときに、何が起きたかって話なんですよ。次の週、わたしは埼玉の鴻巣（こうのす）ってところに参りました。『鴻巣寄席』っていうのが、もうね、わたしが二十歳ぐらいのときから二か月に一回やっている落語会です。この中でもお出でいただいているお客様いらっしゃると思いますけれども、百六十二回ってのをこの間終えたんですよ。大変長く続いている会です。春団治師匠のお弟子さんの桂春雨師匠と談志師匠のお弟子さんの立川文都兄（あに）さんって方は、もう亡くなっていますが、三人で演ってた会なんですよ。文都師匠が亡くなったんで、春雨師匠と二人会をずっとこの何年か続けております。で、メイキッスっていう洋食屋さんですよ。その二階でやっているんです。終わった後は下で打ち上げをするような会なんです。

そしたらね、その日ですよ。九月のお参りした次の週。世話人さんが、

「ちょっとあのう、花緑さんにお話ししたいって方がいるんで、下でちょっとお話を聞いてもらえますか?」

って、聞いたら、

「実はウチの集まりで落語会をやって欲しい」

て、言うんですよ。

「ええ、イイですよ」

「ただ、花緑さんじゃギャラが高いんで、お弟子さんで構わないんで」

って、言うんですよ。で、

「来年の九月の五日」

って、言うんです。毎年九月の五日にやってる催しで、いつも何かカラオケ大会があったり、歌の人が来るんだけど、何かなかなか盛り上がらないって言うんですよ。で、鴻巣寄席にあやかって、「落語をやりたい」って言うんですよ。で、訊いたら、そ

こが、鴻巣の氷川神社だって言うんですよ（……ざわざわ）。今まで、もう、二十歳ぐらいからずぅーっと行っているけど、鴻巣に。もう今、四十六ですよ、わたし（笑）。二十歳から、二十六年間。一回も氷川神社の存在も知らなければ、そこの人たちと接触したことがない訳。二か所お参りした次の週に初めてきて、

「ウチで演ってくれませんか？　出来たら毎年、そこで催しをしたい」

って、言うんですよ。で、来年の九月の五日ですよ。ウチの弟子が二人行って、一回目が始まるって話なんですよ。

……あんまりこのシンクロニシティの話って、盛り上がらないことが今分かりました（爆笑・拍手）。「へぇ～」みたいな。

「花緑さんの話だし、へぇ～」（爆笑）

全然盛り上がらないのね、これぇ（笑）。つまりね、ここを喜んでいくかどうかなんですよ（笑）。何でもないと思えば、何でもない話なの。でも、自分で起こせないってことでしょ？　これ、つまり。どういう訳か来ちゃうってことですから。ここが面白いところで……。

この間ね、……もっと、どうでもいい話をしますよ、これ（爆笑）。もっとどうでもいい。「だから何?!」って、全員から突っ込まれることを言いましょう。

これは何かって言うと、九月の第一週でございました。ある仕事から帰ってくるときです、はい。その目白ですから、ウチは。そこまで電車に乗って帰ろうと思ったときに、電車で吊り革に摑まってね、電車の広告を見るともなしに見たら、風間杜夫さんの広告だったの。風間杜夫さんって方は勿論ご存じの俳優さんで、実は落語も得意に演られているんですよ。ですから、花緑と二人会なんてね、しょっちゅう演らせていただいているんですよ。お芝居では一回しか共演したことがないけど、落語会ではもう数え切れないほど演っているというですね（笑）、もう半分落語家みたいな人なんですよ。で、その風間杜夫さんの広告なんで、半分身内みたいなものですから、知り合いの役者がいるとね、目につきますよ。

「おっ、風間さんだ」

と、思って。で、『セレモニー』っていうね、何かあのう、（客席　葬儀場？）……、そうそうそう（笑）、葬儀場の、……葬儀場で笑ってはいけませんよ。わたしも須藤石材ってお墓の宣伝をしておりますから（笑）。仲間ですからね、どっか繫がっているんですよ。

で、それが、何か、海洋散骨っていうんですか、「海にお骨を撒こうぜ！」みたいな奴の広告で、何かクルージングをしているかのような風間さんが（笑）、何かセーターをこんな風に巻いちゃって、こんなになってちょっとカッコいいんですよ（笑）。まるでね、『蒲田行進曲』の銀ちゃんを彷彿させるような（笑）、そんな感じに素敵な写真だったんで、

「おっ、恰好よく撮っているなぁ」

って、ぼくは思って見た。その直後ですよ。何が起きたと思います。そのある駅に停まっていたんですけれども、ホームに突然に、

♪　チャンチャヤチャーン　チャチャヤチャ　チャンチャヤチャーン　チャチャチャヤチャ

って（爆笑・拍手）、

「えぇっ⁉」

って、『蒲田行進曲』の曲が流れたじゃないですか（笑）！　あとで、分かりました。そこは蒲田って駅だったんです、たまたま（爆笑・拍手）。蒲田駅は発車ベルにこれを使っているんですよ。で、ぼくは川崎で仕事だったんですよ。で、京浜東北線で品川まで出て山手線に乗り換えようと思って、ぼくは、たまにしか行かないところだから、乗っていたら、見た途端にそれが鳴ったんですよ（笑）。これがシンクロニシティですよ。でも、車内は、誰も、わたしの驚きを知らない。ただ生きてますみたいなボ～っとした顔してね（爆笑・拍手）。あたし独りで、

「うわぁぁぁぁ」

ですよ。……と、こういう話（笑）。どうでもいい話でしょう？　これ別に。

（客席　凄いぞ！）

いや、ありがとうございます（爆笑・拍手）。アハハハハハハ、本当、お客さん、優しいですねぇ。ありがとうございます。

すると、ここを喜んでいくと、何でもない日常が凄く楽しくなる――そういうことを本に書いたんですよ。ええ、だからね、シンクロニシティってね、そうやって面白いことがね、ドンドンドンドン出てくるんです。本には、たくさんのことが書いてあります。

で、本に書いてないことで、もう一つ申し上げると、これは、凄いですよ。夢の話です。これも広い意味でシンクロニシティですよ。夢はね、何ていうんですか、普段見る夢なんて全部忘れてしまいますよ。でもね、凄い夢を見るんです。一つは何かっていうと、ウチの祖父の小さんが亡くなった二年後ですよ。夢を見るんですけれど、そのときは夢の中で小さんは生きていますよ。

で、わたしと二人会を演るって言うんですよ。「へぇー」っと思って、夢の中でですね。で、何か、祖父がネタを書きだすんですよ、二席。あたしも二席。四席のネタが並ぶ訳。で、祖父はなんかね、お酒のネタだったなぁ……、『猫の災難』か、『粗忽長屋』

か何かを出したと思います。わたしも何か二席ネタを出して、自分の演目が何か忘れちゃったんですけど、それを何かね、夢の中ですよ、この話は。ホワイトボードみたいなところにマグネットでつけて、で、こう貼り出されたのを見て、祖父が、こう、繁々（しげしげ）と嬉しそうな顔をしているっという夢で、パッと目が覚める訳。ええ、何でこんな夢を見たんだろう？　祖父はもう二年前に死んでいるのに――って思って、で、ほどなくわたしに『永谷園』のＣＭが決まるんですよ（笑）。そのときも、夢の話は忘れているんです。一五秒のＣＭの中でわたしがお味噌汁を飲んで、で、祖父の顔がパァーンと出て、

「あっ、お祖父ちゃん？」

と言って、

「永谷園。あさげ、ひるげ、ゆうげ」

みたいなＣＭですよ（爆笑）。一五秒のＣＭです。で、それが夏から秋にオンエアになって、ちょうど新聞広告ってのが出たんですよ。で、こう一面っていうんですか、何ていうんですか、見開きの広げた半面ですよ。そこを永谷園さんが買ってくれて、で、祖父と私が味噌汁をそれぞれ持って、……合成ですよね。昔の祖父の永谷園のときの写真でしょう。わたしと並んで、二人で、

「今も昔も、お味噌汁は永谷園」

みたいな広告ですよ。で、これパッと見たときに、何か落語の二人会のチラシみたいなんですよ。で、夢を思い出したの。

「あっ！　これ！　あのとき夢見たの、やっぱりこのことだったんだ」

と思う、こういうシンクロもあるんですよ。で、もっと強烈なのが、……桂三木助師匠、今、五代目が誕生しております。え〜、三代目が名人と言われて、『芝浜』が大変にお得意で、「『芝浜』の三木助」と言われた人でございますよ。で、この『芝浜』の三木助と言われた人は、手前の祖父、五代目小さんと義兄弟でございます。三木助師匠のほうが先輩ですけれども、五代目小さんに惚れて、「義兄弟の縁を結んでくれ」と、もの凄く惚れ込んだんですね。で、お互いが小林という名字でございます。ですから、三木助師匠が子供が生まれたら、「おまえの名前をもらうよ」って、……おまえの名前と言っても、「小さん」じゃないですよ。小林小さんになる訳じゃないんですよ（笑）。本名、小林盛夫。盛夫という本名を見事にいただいたのが、四代目の桂三木助師匠です。入門するときには三代目が亡くなっておりますから、小さんの弟子になる。と、お互い小林盛夫なんですよ（笑）。そうするとね、小さんの弟子の中で変な悪戯が流行るんですよ。

小さんがそこにいる前で、三木助師匠がいると、

「おい、盛夫」

って、ワザと言うんですよ（爆笑）。ウチの師匠が、

「はぁっ？」

って、言うと、

「ああ、違います。こっちの盛夫です」

なんて言ってね。悪い悪戯が流行ったりなんかして。で、四代目の三木助師匠は、二つ目の小きん時分からテレビで顔が知れて、バラエティー番組にも出るほど、タレントでも大変に有名になった方です。

ところが不幸なことに自ら命を絶った方で、二〇〇一年に亡くなるんですよ。一月の三日です。亡くなって、小朝師匠も兄弟のように可愛がってた人ですから、お別れ会をちゃんとやらなくちゃいけないと、ところが『さよなら！ミッキー』というお別れ会を開くんですけれども、もう、その司会を誰もやりたがらない。そういう不幸な死だから。

それがわたしに回って来たんですよ。あたしもそういうね、司会とかそういうの苦手ですから、「弱ったなぁ」と思って、でもやろうと、わたしもお兄さんみたいに慕ってた人でございますから、もう、身内の付き合いですから、やらせてもらう。で、あるとき、夢に出てきたんですよ。

それは夢の中で、わたしがある先輩と話をしているときに、突然後ろから誰かに抱き

付かれて、重さでぼくはね、転ぶんですよ。倒れるんですよ。で、まだ抱き付かれているんですよ。で、ぼくは顔を見ていないけど、三木助師匠が後ろにいるんだってことが分かるんですね。で、髭のあたる感じ、頬っぺたがここにあるんですよ。タバコの匂いがしたんですね。ヘビースモーカーだったんで、口臭ですね。で、三木助師匠が何にも喋らないいんだけど、「ありがとう」とか、「ごめんねぇ」とか、「俺はもう逝ってしまうけど、あとを頼むよ」みたいな感情が全部伝わってきたんです。ぼくは泣きながら目が覚めるんです。

母に電話してこんな夢を見たって言ったら、ちょうどその日が四十九日だったんですよ。それで、今年になってですね、久しぶりに三木助師匠の夢をまた見ました。それはもっと三木助師匠が元気でした。凄く生き生きとしていて、そのタレントで売れてた頃の三木助師匠ですよ。その三木助師匠が久しぶりに夢に出てきて、

「俺ねぇ、三木助を卒業するんだぁ〜」

って、あっけらかんと言うんですよ。で、ぼくは生きているもんだと思って話をしていますから、

「よく名前を譲るって決断をしましたね?」

って、ほら五代目が誕生するのを知ってて、そしたらね、

「そうなんだよ。だからね、俺はね、もう、すぐ死ねるんだ、これで。もう、今死んでいい。ああ、もう、今、死のう」

って、あっけらかんとね、何の悲惨さもなく言うんですよ。で、考えたらね。『死ぬなら今』って古典落語を得意にしていたんですよ。ぼくはそこで目が覚めて、思い出すんです。目の覚めた日に何があったかと言うと、九月の二日で五代目桂三木助の襲名のパーティーなんですよ。ホテルオークラという四代目が好きで使っていたホテルで、三木男から五代目三木助が誕生したその日ですよ。で、ぼくはこう思ったんです。その日を以て四代目は五代目にバトンを渡したんじゃないかって……。凄くそこでシンクロした訳ですよ。これはわたしに霊感があるのかどうなのか分からない話ですけれども、こういうことも広く言うとシンクロニシティの一つなんですよ。で、最近分かったんです。これは自分では起こせないことだけど、けれども、起きる秘訣があるんじゃないか？　それは何かって言うと、普段からそのシンクロニシティの起きた状態の感情を、自分が表現すればいいってことです。シンクロニシティが起きたときにどうなるかってことです。

「うわぁぁぁ」

って、さっきみたいに興奮するってことですよ。ワクワクする。興奮する。喜ぶ。感謝をするかも知れない。そういうものを最初っから、感情でやっておくんです。意識の密度が、現象の密度と言った小林正観さんもいる。いろんなことをたくさん先に思っていると、それが起きやすいってことなんですね。ですから、先に自分が、シンクロニシティが起きたような感情、普段からワクワクしていると、ワクワクしている中に、一つシンクロニシティが入ってくるかも知れないってことなんですよ。だから、起きる確率を上げることは出来るってことなんです。……今日は一応、落語会なんですけれども（笑）、この時間まで一席も喋っていないという……、シンクロニシティの起こし方、必ず起こせるとは言いませんけれども、たくさんワクワクするとか、ニコニコするとか、ものに感謝するとか、シンクロニシティが起きたような状態を先に自分がそう思ってやっていると、そういうものが飛び込んでくるって感じですね。……ガッテンしていただけましたでしょうか（爆笑・拍手）？

祖父・小さんの夫婦喧嘩

二〇一七年十月二十七日　イイノホール
柳家花緑独演会 花緑ごのみ Vol.35『堪忍袋』のまくらより

『堪忍袋』の緒が切れるなんてことを言いますね。『堪忍袋』の緒が切れると、ま、一体どうなるのか？　これがこの噺のテーマみたいなものなんですけれど……。

え〜、手前の師匠である五代目の小さんの、あるインタビュー記事を最近見つけたんですよ。

「夫婦円満の秘訣は何ですか？」

もの凄く興味深かったです。生前そういう話を訊きませんでしたから。小さんが何て答えていたか、

「夫婦円満の秘訣は何ですか？」

短く一言。

「我慢だ」

こう言っておりました（笑）。

「ああ、そうか、我慢かぁ〜」

って、もの凄く短いし、印象に残りました。でもね、わたしの知る情報では、あまり夫婦で我慢はしておりませんでしたね（笑）。『徹子の部屋』なんかに出ていると、師匠は得意になって、夫婦喧嘩の話を徹子さんの前でしておりまして、

「（五代目小さんの口調で）ええ、よくね、カカァとはね、取っ組み合いの喧嘩なんぞをしましたよ」

「（黒柳徹子の口調で）あらぁ、そうなんですかぁ？」（笑）

「（五代目小さんの口調で）……ええ、そうです」（爆笑・拍手）

大した物真似じゃありませんけれども、

「（五代目小さんの口調で）で、こっちはね、取っ組み合いの喧嘩になって、背負い投げしてやろうと思ってね。投げるところを見たら板の間でしょう？　ねえ、投げ飛ばしたら痛ぇだろうと思って、畳までずってって（笑）、それで投げ飛ばしたんですよ」

って、言っててね。凄い話をしているんですよ。で、喧嘩した後は、

「（五代目小さんの口調で）カカァのほうもね、まぁ、心得てますよ。ちょいとねぇ、何か、熱燗の一本もつけて、ええ、好きなおかずをそこへ添えて、まぁ、これで終わりですよ、へっへっへっへ」

なんて言ってるんですね。

「（五代目小さんの口調で）ウチの喧嘩はね、あのときこう言っただとか、あとにこうね、引きずったりはしない。もう、その喧嘩が終わったら、さっぱり、すっかり忘れちまうんだ」

「（黒柳徹子の口調で）いい喧嘩ですね」

なんて、言うんですけど、これを毎日やっているって、どういうことなんでしょうね（爆笑）？　新たな喧嘩が勃発している訳ですよ。面白いなぁと思って、で、訊いたら、ウチのその祖母は、大変に焼き餅焼きだっていうんですよ。まあ、いいじゃないですか、焼き餅はねぇ？

ところが、そらぁねぇ、師匠も師匠ですよ。お客様と飲んで、お座敷なんかに行くんでしょう。と、芸者さんを引き連れて、ウチまで帰ってくるんですって。何でそんなことをするんでしょうね（笑）？　自分のカカァが焼き餅焼きなのを分かっているのに。そうすると、ウチの祖母は、生卵を持っていって（笑）、

「この野郎、この野郎！」

って、ぶつけるんです（笑）。

「（五代目小さんの口調で）おい、止せ！　止せ、止せ、止せ！」

って、着物に付いたら、芸者さんの着物高いじゃないですか？　大変なことになるか

ら、だからワザとそういう悪戯をして、

「（五代目小さんの口調で）……んなこともありましたよ」

って、訳の分からない（爆笑）。ワザとやってんじゃないかっちゅうね、ありましたねぇ。

夫婦は破れ鍋に綴じ蓋ってことをいいますけれども、まあ、そうかも知れませんが、……まぁ、この話も夫婦喧嘩をどんな風に収めるかというような、噺でございまして……、

「おいおい、止めなさい、止めなさい。いいから、止めな！　もう、おかみさんは、逃げて、逃げて！　おい、止めるんだ、熊、そんなものを振り回して！　止せって言ってるんだ、馬鹿。止せ、痛、痛、痛、痛、何をするんだ、だから。危ない。だから、おい、引っ張るんじゃない。痛い、痛い、痛い。あたしだよ、これ、危ない。痛い、痛い、痛い。だから、危ない。止せって言ってんだ、本当に！　まったく、おまえたち夫婦は、何て喧嘩をするんだい？　また、おかみさんどうでもいいけど、……強いね？」

（笑）

「……ハァ、ハァ、ハァ（笑）、ありがとうございます」（笑）

「誉めてないから、これはね。

　おいおい、熊さん、おまえはまた何を手に持っているんだ？」

「薪雑把（まきざっぽう）です」

「バカだなぁ、おまえ。そんなもんを振り回していたのか？　当たり所が悪けりゃ死んじまうぞ、本当に」

『堪忍袋』へ続く

謎のビットコイン

二〇一八年一月二十四日　かなっくホール
第三五二回 ごらくハマ寄席 柳家花緑独演会『紺屋高尾』のまくらより

着物が二枚あるところをご覧いただいている訳でございまして（笑）、昨今いろんなニュースがありますけれど、あれですね、相撲のことだって、どうしていいか分かりませんね、これね。次々といろんな問題が出てきちゃって、セクハラする人が出てきたり（笑）、交通事故を起こす人が出てきたり、以前からあったものが隠されていただけだったのか、この節そういう問題が増えたのか、分かりませんけれどね。こぞってワイドショーでそれをずぅーっとやっている訳ですね。ずぅーっとやっているってのは我々が観るから、ずぅーっとやっているんですけれども（笑）、何となくね、どうなるんだろうと思いながら、これからまた理事長選みたいのがあるんでしょう？　二月に。どうなるんだろう？　貴乃花とかね。知り合いじゃないんだけど、皆、心配するわけです（笑）。で、我々は、「世情の粗（あら）で飯を食い」なんてことを言っていますから、またそういうものをね、ネタにしたり、笑いにしたり、何となく皆さんの関心の中で、首を突っ込むんですけどね。でも、あんまり、意見もありません、相撲に関しては。何もないんですけども、落語界もねぇ、あの落語界は一応安泰といえば安泰なんですよ。

　ただ、芸人は、〝飲む〟〝打つ〟〝買う〟ってことを言って、まあ今も『猫の災難』って噺を演らせていただきましたけれど、あれは〝飲む〟ほうですよね。〝打つ〟っていうのもね、この博打っていうのも、何かあったでしょう？　オリンピック選手が、そういう賭博をやって、剝奪されたというか、ライセンスを失うみたいなことがあって。これもあんまりよくないことですけど、〝買う〟もそうですよね。もう既婚者が女性と浮気みたいなことをしたら、社会性を失う訳ですよ。でも、芸人は、〝飲む〟〝打つ〟〝買う〟ってことを言うじゃないですか？

「それをしないといい芸人になれない」

　なんて、言って。ええ、よく旅なんか行くとありましたよ、わたし……、浮気をしたって話じゃなくて（笑）、これは。あのう、落語会の世話人とかが、前座の頃の私に向かって言うんですよ、

「そういうのやらないと、立派な芸人になれないぞ」

　なんて、言って、

「へぇー」

　って、そうなんですよ、昔は（笑）。本当におじさん連中が、

「それぐらいのこと、芸人なんだから、やれぇ」

なんてことを言って、そういうものですよ。でも、最近分かりましたね。それを真面目にやっている落語家は、あの（桂）文枝師匠と（三遊亭）円楽師匠だったたってことがよく分かった訳です（爆笑）。

「真面目だなぁ」

っと、思って（笑）。あとの芸人は誰もやっていない。こんなに文春砲が飛び交う中で、落語家が誰もそこに関わらないというのは、不真面目なんでございますね。ただ、魔が差すってことがありますから、怖いですね。

わたしも今日まで、浮気もせず、クスリもやらず、ここまでやってまいりましたので（笑）、本当にこんなに安心な落語家でいいのだろうかと、我ながら思う訳でございますけれど、〝魔が差す〟ってことがありますから、気をつけなきゃいけないなと思いますよ。今日みたいにこんなに魅力的な女性が多いと、……魅力的な男性が多いのも危ないかも知れない。酔っぱらうとね、男にキスをするかも知れません（笑）。

「自分は男色じゃないんですけど」

と、言いながら、

「柳家花緑、八十六歳の男性にキスをする」（笑）

なんていって、もう訳の分からないことになるかも知れませんから、もうどうなるか分からないですよ。ただ一つ言えるのは、何か隠されていたものが、これから出てくるような世の中になっているのは、確かですね。昔はそれで済んだようなことが、済まなくなってきた。まあ、それだけ世の中が本当に変化をするっていうのは、そこがクローズアップされているようですけれど、実はもっといろんなものが音を立てて、今、変わっている最中なんだと思いますね。

で、気づかないところは気づかないけれども、実は、ガラッと変わっている。医学にしても、いろんなルールにしても、いろいろ変わっていく。教育もそうだっていうじゃないですか？　二〇二〇年になんか変わるんでしょう？　その、〝詰め込み教育〟みたいなものから、〝自分で考えよう教育〟みたいなもの……、先生が言うんでしょう？

生徒に、

「今日は皆さんが、どういう授業をするか、考えてください」

って、ということは、もう、先生が要らないってことなんです（笑）。豪（えら）いことになっているんだけど、でも、考える力をつけなきゃいけない。って、そりゃそうだと思いますよ。

あたしの弟子でも何人もいますよ、やっぱり、平成生まれの子だと、「これをこうし

なさい」と言うと、「じゃそのまんまやります」みたいな……（笑）。何にも考えない、

「『師匠がやれ』って言ったからぁ」

みたいな、誰とは言いませんがウチの弟子でいるんですよ、一人、前座で。この間風邪をひいたって、八度四分からの熱が出たって言うんですよ、ウチの弟子ですよ。

「一日休む」

って、

「分かった」

って。で、次の日も休むのかと思ったら出てきているんです、寄席に。

「おまえ、どうしたの？」

って、言ったら、

「ええ、もう、治ったんで出てきました」

「ちょ、ちょっと待て。前の日、八度四分まで出た奴が、今日出てきて大丈夫なの？薬飲んだかい？」

「飲んでないっス」

「『飲んでないです』ってお前、で、……どうなのよ」

「ええ、大丈夫です」

「大丈夫ですって、マスクぐらいしておけよ」

って、新宿の末廣亭の楽屋で、……で、マスクさせたんですよ。

「だって、おまえ病院行ったの？　大体」

「行ってません」

って、「行ってない」って言うの。次の日、自己判断で市販の薬かなんか飲んで、大丈夫だからと言って出てきた。だから、楽屋で、お囃子さんとか、「えぇっ」っとか言って引いてますよ。八度四分出た人間がですよ。インフルエンザかどうかの検査もしないで、病院にも行かないで、それで次の日出てきているんですよ、次の日ですよ、それ。……だから、仮病なんかじゃないのかと思ってね（笑）、もしかしたらね。八度四分も出てなくって。

……で、マスクをその日させて、ぼく、帰って。また次の日来たら、マスクしてて、で、帰って。で、次の日、マスクしてて、で、また、ぼく、帰って。で、また次の日、マスクしてて、さすがにそのときに言いましたよ。

「おまえ、いつまで、今度、風邪ひいているの？　そのマスクいつまでしてるの？」

って（笑）。

「いや、いつ取っていいか、分からなくって」（爆笑）

「ええっ⁈」

って、言ったの。

「治ってるの？」

「ええ、もう、とっくに」

って、言うんですよ（笑）。

「ええ、じゃ何、おれが『（マスク）しろ』って言ったから、してるの？」

と言うと、

「いいやぁ、やあぁ～」

なんて言って（笑）、……だから、被害者意識なんですよ。「師匠がやれ」って言ってますから、やってます（笑）。何にも自分じゃ考えない。だから、

「えっ？　じゃあ、おれぇ、あらためて言うよ。向こう十年間、毎日マスクをしてろ」

って、言うと、笑って、

「エへへへ、そんな筈はないでしょう」

って、マスクを取った（爆笑）。「なんだ、それ」と思った。……緑助という男は（笑）。まあ、そうして弟子は育っていくのでございます。わたくしも、そうして、ウチの師匠を心配させながら、今日に至っている訳ですが……。

今日も皆さんもどうかすると、空席のところは来る予定の人がインフルエンザで来られなくなったのかも知れません。まあ、中には、インフルエンザだけど黙って客席に座っている人もいるかも知れません（笑）。だって、ウイルスなんていうものは、当然吸っているっていうじゃないですか、みんな。そうでしょ？　電車に乗った時点でアウトですよ、みんな。そうですよね？　ただ、発症するかしないかは、その抵抗力とか免疫力だっていうじゃないですか。で、免疫力を高めるためには知っていますか、皆さん。まあ、一つは体温ですよね。一度上がるだけで、二十何パーセントだか免疫力がアップするってことですよね。で、温めるにはどうしたらいいか？　勿論、カイロを貼るとか、温かいものっていうのはやはり、ぼくが言ったアグブーツとかボアの靴を履くとかありますけど、……笑うことですよ、皆さん（笑）。……そうですよ、笑うと身体が温まりますからね。ただ、ぼくの実力で、このぐらいだと、みんな風邪をひいて帰るかも知れませんねえ（爆笑）、今日は。大変申し訳ありません。すいませんねぇ、もっと何秒に一回の大爆笑じゃないと、皆さんのインフルエンザが大丈夫かどうかの保証が出来ません。あとは皆さん、自力で頑張ってみてください、どうか（笑）。ええ、申し訳ないですねぇ。

元日から寄席に出ておりましたけれども、一回の高座時間が五分でした。顔見世興行ってもんで、一時間に八人とか九人とか出ておりますと、もう、一人何分演っていいのか分からなくなる訳、みんなして。で、うっかり長く演っちゃうと、お後の演者がどんどん詰めなきゃいけないいんで、三分で終わる人もいたりとかして。どうかすると、出囃子が鳴って出てきて挨拶だけして、そのまま引っ込んじゃう人がいたりとか（笑）、とにかく顔見世ということで終わっちゃったりなんかして。で、五分演っただけで長いなぁって感じなんですよ。それが最初の十日間なんです。二之席ということになると、十一日から二十日まで。この間、終えましたけれども。今度は急に、一〇分から一二分ということになるんですよ。そうするとね、初日の十一日はね、やたら詰まっちゃったりするんですよ。みんな、その、前の十日間で慣れているから、で、「ああ、そうか、一二分だ」って思うと、今度、いつも一五分で演っているから、この二、三分を削るのが難しいんですよ。やりすぎちゃったりなんかして、また短くなって、こうやって長短しながら、演っていくんですよ。

で、今日は、トリにもう一席申し上げる前に、こんな正月にやっていた短い一席を聴いてもらいますけれども……。

先生と言われる人間がおりますね。町内にはそういう人間がいます。「先生！」なんて、言ってね。で、これ、敬って先生と言う場合もありますけれども、そうじゃない。

あだ名みたいなもんでね。なんかこう、みんな頼りにしているようですけれども、その先生と言われる人だって万能じゃありません。何でも知っている訳じゃない。知っていることもあれば、知らないこともあって、知らないことは、「知らない」と言えばいいんだけど、言えないってところが、この先生の面白いところですね。人間ってのは、やっぱりプライドってのがあるんでしょうね。で、何か、その言いくるめて、その場を通り過ごそうなんてことになると、話はとんでもない方向へ行くんで……、

「先生」

「うん」

「あのう、ちょっと分かんないことがあって、訊きに来ました」

「ああ、いいねえ、うん。分かんないことはね、何でもわたしに訊きなさい。うん、今日は何だい？」

「はい、……最近、ほら、ビットコインってことを言うじゃないですか？」（笑）

「まさかの新作なんだねぇ？」（笑）

「そうなんですよ、ねえ（爆笑）。古典かと思いましたよねぇ（笑）、べぇー」

「何だ、そりゃおまえ」

「いや、なんか暴落したとかね、いろいろ言っていますけれど、ちょっと前まではねぇ、大儲けしたとか大化けしたとか、そんなことを言っているじゃないですか？」

「ああ、ああ、ああ。よく聞くね」

「ねえ、ただね、何だか分からないんですよ、わたしは。そのビットコインというものが、はい。もう、どこで何をどうしたらいいものなのか、さっぱり分からないですけど、先生知ってますか？」

「ううううん、……知ってるよぉ」

「あれ、何です？」

「うん、まあ、あたしは、すっかり分かっている訳だけど、……先ず訊くが、おまえは、どう思う？」（爆笑）

「え〜？　こんな変な会話ないでしょう。あたしが質問してるんですよ」

「あたしとおまえの中だろ？　あたしだって質問させてくれよ」

「いやいや、『質問ぐらいはさせてくれ』って、会話がおかしい」

「おかしくないよ。考えてみなよ、素人なりに」

「素人なりにって」

「だって、そうだろ？　分かんない、分かんないって言っててごらん。生涯ものが分からないよ、おまえ。考えてみるんだよ、自分で」
「……分かりましたよ。だからぁ、あれですよ、ビットコインっていうんですから、何かのコインかなぁ？　って、思うんですよ。え〜、メダルとか、金貨とか」
「ンハッハッハッハッハ……、違うね」
「違いますか？」
「おまえはね、何が違うって、その切るところが違うよ」（笑）
「切るとこが、違う？」
「そう。あれはね、ビットコ・インだからね」（爆笑）
「ああ、ビット・コインかと思ってたぁ！　ビットコ・インですか？」（笑）
「そうだよ。『東横イン』とか、『ルート・イン』とか言うじゃない」（爆笑）
「あっ、ホテルの名前ですか（笑）？　知らなかったぁ。ええ、じゃあ、上の『ビットコ』は？」
「『ビットコ』ぉ？　……ああ、あれはおまえ、『ひょっとこ』の弟だよ」（爆笑・拍手）
「ああ！　ニューって口が上を向いて、こんな頬かむりしている？」
「そうそう、ひょっとこ、やっとこ、びっとこ、三兄弟だから」（爆笑・拍手）
「しかも、三兄弟！」

「そう、先ず、兄のひょっとこが藁でもって家を作りました（笑）。そうしたら、大嵐が来て飛んでいっちゃったなぁ」

「ああ、藁ですからねぇ」

「で、次男のやっとこ、これは木でもって家を作りました。ところがね、これも残念だったな。うん、大嵐が来て壊れちゃった」

「そうですか」

「三男のぴっとこ（笑）、これが煉瓦でもって家を作ったよ。すると、どうだ、どんな嵐が来てもびくともしなかった。というところから、安心で、安全な家ということで、ビットコ・インと付けた訳だなぁ」（爆笑・拍手）

「なるほど、何か童話みたいになってきましたねぇ。でも、ここに来る前に、わたしネットで調べたら、『仮想通貨』って、出てきたんですけれど、これはホテルとどう関係していますかね？」

「……なに、おまえ、調べたの（笑）？　嫌な男だな、おまえ」

「いやいやいや、嫌な男って、いや、調べてこないと先生に失礼かな」

「失礼じゃないよ。ハッキリ言っておくけど、この際だからね、今後、家に何かを訊きに来るときには、調べてこないでぇ！」（笑）

「ああ、そうですか、どうもすみませんでした（笑）。で、その仮想通貨ってなんです？」

「まだ、言っているよ……。いや、だから、あれだよ、かそうは、かそうだよ（笑）。なあ、リア充の若者とか、ＩＴ系の勝ち組とかやってるだろ？　魔女になったり、ゾンビになったり、ハロウィンで」

「ああ、あの仮装⁈（爆笑）、仮装パーティーの⁉　つうかは？」

「いや、仮装つーかぁ〜、コスプレぇ？」（爆笑）

「あっ、つーか！　ここへ来てまさかの若者言葉ですか？」

「そうだよ。仮装っつうかぁ、コスプレパーティーで、大化けするよ、と」

「ああ、大化けってよく聞くけど、あれ、まさに『化ける』ってことなんですね？」

「そう、だから、夜な夜なそういう連中が、仮装パーティーをビットコ・イン・ホテルで開いて（笑）、そこで儲け話があって、皆、大儲けするぜって話だ。分かったぁ？」

「ああ、よーく分かりましたぁ。そういうことだったらね、わたしもそこの中へ飛び込んで、一枚儲け話に嚙んできたいと思いますけど、そのコスプレってのはどんな恰好をして行ったらいいですかね？」

「そりゃ、おまえ、『パイレーツ・オブ・カリビアン』だな（笑）。うん、あの海賊の恰好に決まってんだ」

「どうしてですか？」

「だって、場所がホテルだ。バイキングが付き物だ」（拍手）

五分くらいですね、この噺はね。これを、ずぅっと演ってました。今年明けて元日から、十日まで、毎日演ってましたね、これね。他とかち合わないのでね。ビットコインの噺、誰もやっていませんので（笑）。ただ、これは古典落語をもじったものなので、『千早ふる』という落語はつきますね。したらね、小三治師匠がトリで『千早ふる』お演りになったりするんですよね（笑）。ところが出番が近くないから演ってもね、大丈夫だったみたいなんです。

これは、わたしが昔、『にほんごであそぼ』っていうNHK教育テレビに出演のときに出会った藤井青銅さんという作家さんがいて、その方が作った新作です。藤井青銅さんって方は、星新一さんのショートショートのコンテストが、その昔にあって、そこの第一回のコンテストで入選して、そこから作家になった人なんですよ。今、オールナイトニッポン、オードリーさんが演っている、あの番組の放送作家さんですね。この人がニッポン放送で、わたしの番組を暮れに持ってくれていて、その年にあったことをネタにしようって作ってくれて、だから勿論ぼくしかやらないですよ、この噺は。で、この『謎のビットコイン』ってタイトルなんですけれども（笑）。……ええ、これがちょうどこの、今演れるなぁと思って、元日の寄席でネタ下ろしをしたってことなんですよ。

「あの話は何だ？」

って、みんな、知らないですからね。びっくりしているというようなことで……、こういう独演会ではちょっと間に挟みたいなっていう（笑）。で、まさか、今、演りましたけれど、これで終わっちゃったらびっくりしますか？

「えええっー（爆笑）、短かったなぁ、仲入りの後（笑）、追い出し太鼓流れて、緞帳閉まっちゃった」（笑）

みたいなね。そんなことはないんです、まさかの。これはおまけみたいなものでして。ビットコインも、まあ、わたしは買っておりませんけれど、どうなんでしょうかね、あれもね？　この中で、買ってらっしゃる方がいるかも知れませんけれども。一ビットってのが、この間まで、二百二十万円だったの？　それが百万ぐらい暴落したってことなんですか？　まあ、株と同じですよね。もっとシステムが違うのかも知れませんけれども。どうでしょうねぇ？　わたしの経験では、美味しい話はないと思っていますけれども、でも、そういって何もやらないと、そこで得をしている人がいるのかも知れませんが……、どうなんでしょうねぇ？　何が得で損だか分かりませんよ。そっちで得をしている人は他で大変な不幸があるのかも知れない。そうですよ、ここで落語を聴いて笑っているぐらいがちょうどいいじゃないかと、わたしは思いますね（笑）。

そうです、あんまり大きなことをするとね、そうでしょう？　何か、大きな投資をしようとか、貯め込んだお金をね、

「（小声で）これ、あの、倍に増えますよ」

なんて、言ってね。全部渡したら、そっくり持っていかれちゃうみたいなこともありますから。オレオレ詐欺みたいのは気をつけたほうがいいですよ、ご年配の方もね。

もう、だって、年とったら増やしてもしょうがないでしょう（笑）？　あとは如何に、このまんま、自分の人生と共に、上手く使っていけばいい訳ですから。落語なんかもそうです。こうやってね、庶民の噺ばっかりしておりますから……。あんまり儲かった噺なんかないのね。でもね、中にはほら、富くじで大当たりするとか、そういうドリームもありますけれど……。

宝くじも当たりません。わたしは買ったこともありませんけど、ハッキリ言って（笑）。当たりませんね、あれもね。何なんですかね？　あれね？　こう見てもね、何十何組ってところから当たらないですからね、先ずね（笑）。で、下一桁を当てようとし

ても、その下一桁が回ってこないのね。下一桁が四番だとすると、四番を避けているかのように……ない訳。ええ、バラで買うと、何にも……あっ、買ったことないですけど、あたしね（笑）。もう連番でやっと一枚で、三百円とか、これどうするの、これ？と、思ってね。うっかり、その三百円を換えに行くのを忘れちゃったりすると、もう、それも損しちゃったりなんかして……。ええ、でも中には大当たりしている人がいるんでしょう。

でも、大当たりした人って、あれね。他人にあげたくなったりしないのね（笑）。

「落語家を育てよう」

なんて、言って（笑）、

「（小声で）ちょっと、当たったんで」

「……えっ、いいんですか!?」

「（小声で）いや、まあまあ、内緒ですよ」

「うわぁぁぁぁ！」

なんていうね、札束を積んでくる人はいまだかつて一人もいませんからね（爆笑）。だから、この中には、いないんだろうと思います、そういう人はね（笑）。そういう人は多分、自分の家に呼んだりするんじゃないですか？　芸人を、「自分一人で笑おう」

なんて、言って。パァーン、札束を叩きつけて。

　そういうことないかな？　って思うんですけど（爆笑）、まったくないですね（笑）。ありえないですね、そんなことはね。大体頭おかしくなりそうですもんね、そんなことね。

　で、こういうまくらを振っていると、「ああ、今日は富くじの噺なんだな」って、思うでしょう？　演らないんですよ、それがね（爆笑）。言っただけなんです、誠に申し訳ないですね。それは多分ウチへ帰って、志ん朝師匠の『宿屋の富』でも聴いていただいたほうがいいんじゃないかと思いますね（笑）。そうですね、この時期だと、『御慶』なんていうね、ま、これは手前どもの師匠・五代目小さんの『御慶』がとてもイイですから、これも家へ帰ってＣＤか何かを聴いていただけるとちょうどいいかと思いますね（笑）。

　ええ、まあ、先ほど〝飲む〟〝打つ〟〝買う〟なんてことを言いましたけれど、今日はドーンと〝買う〟のほうを演ってみたいと思いますね。……そんなにシーンとしなくていいんですよ（笑）。別にこれから、わたしが〝買い〟に行くって、何もそういう実体験を話す訳じゃありませんから……（笑）。噺ですから、これはね。

　それでも、落語の中のそれはあんまり罪深い話じゃありませんで、別に独り者の男が花魁に恋をする。こういう噺をこれから申し上げたいと思います。まあ、ラブストーリーですね。

まあ、そういう花魁を傾城なんて言い方をいたしますけれども。傾城・傾国なんてことを言うんですね。傾城・傾国、城を傾ける、国を傾ける、なんて言ってね、大名が、銭を積んでいくんですよね。そうすると初回は会わない、二回、三回と、で、やっと名前を覚えられる頃には、金を使いすぎて、もう、城も傾く、国も傾くっていうんで、傾城・傾国って言ったんだそうですよ。そのぐらいに太夫なんて花魁の中でもトップになると、力があったというか……。まあ、それでも、下のほうの花魁はそうじゃないっていうんですね。そりゃぁ、風俗ですから、まあ、そういうような一つ寝をする仲に直ぐなったようですけれど、上のほうの太夫になるとそうじゃなかったってことなんですね。え～、傾城に誠の恋は恋ならず、金持ってこいが、本当の恋也で……。

「おい、おっかぁ、どうしたんだい？　久蔵の奴は。ええ、三日仕事を休んでいるっていうじゃねぇか？　何か、あったのか？」

「『あったかのか？』どころの騒ぎじゃないよ、この旦那はさぁ。あの男ね、恋煩いだって……」

「恋煩ぇ⁉」

『紺屋高尾』へ続く

日本人全員落語家仮説

二〇一八年七月十六日　渋谷ユーロライブ
渋谷らくご『天狗裁き』のまくらより

※この日の渋谷らくごは、前に弟子の台所おさんが出演した。

鳴りやまない拍手をありがとうございます（笑）。と、いう訳で本日わたくしがトリを務めさせていただく訳でありますけれども……。

弟子を持つってのは大変なんですよ、皆さん（笑）。皆さんからどう見えているのかは、分かりませんけれども。しかも年上というですね、これ学生時分だったら大変なことになりますからね。一つ年が違うだけでも……、それでもこの世界に入ると、年齢はね、関係ないんですよ。そういう状況にわたしも、九つから落語を始めて、中学を出て直ぐこの世界に入りまして、十五歳でそういう洗礼を受けましたので、自分が十五歳で楽屋入りしたときに、後輩が全部大学出というですね、年上の後輩を持ちました。で、年上の後輩に交通費をあげたりなんかする不条理な（笑）、そんな体験をしてきております。だから、勿論、年上を敬うって気持ちは分かるんですけれども、この世界は年齢ではないので、非常にちぐはぐなことになっているんです。まあ、逆に言うと、その世界、その世界で、ルールがありますから、そのルールに合わせなければ、この世界では生きていけません。それでも、このシブラクはお陰様で自分の弟子がだいぶ出演させていただいておりまして、（台所）おさんはだいぶ出させていただいておりまして……。花いちという人間とか、で、来月も花飛（かっとび）というのが出させてもらって、ええ、ありがたいことですね。

今、言った三人はですね、もう、わたしの教えを忠実に、守っている人は一人もいなくてですね（爆笑）、「もう、個性で勝負だぜぇ」みたいな（笑）、はい、もう、個性だけでのし上がってきたような、のし上がっていくような、そういうタイプでございます。だからそれが一番売りになるんですよね。

あのう、どうなんでしょう、皆さんはね？　上手い芸を聴きたいと思って来ているのでしょうか？　何かその人の個性とか面白いものを聴きたいと思って来ているんでしょうかね？　人ぞれぞれ、そのお客様によってもありますね。上手く喋るってのは、その教わった通りきっちり喋っていると、意外と出来るものなんですよ。ところが、そこになんか個性というか、その人のオリジナリティがありながらも、また、上手くて面白いという総合的によくなっていくところを狙うのが、非常に難しいんです。

羨ましいですよ。小痴楽君とかね。ねえ、あんなサッカーの話をしながら、突然(笑)、この世界に(爆笑)。もう、サッカーの話で終わるのかってぐらい、まくらにエネルギーの九〇パーセントぐらい使っているような(笑)、感じなのに。

「こんなに残していたのか？　エネルギーを！」

って、ぐらいに『巌流島』に入れる訳ですから。ああいう若手は、なかなか、稀有でございますよ。だから自分の弟子もそうなって欲しいと、願いながら見ているような訳で。彦いちさんのところも素晴らしいですよ。だってあの木久扇師匠の弟子ですよ(笑)。どこにも、ラーメンの匂いがしないでしょう(爆笑)？　凄いですよ。

ですから、台所おさんは柳家花緑の弟子でいながらも突き抜けて、彼は彼の個性を突出するってのは大変なことです。やっぱり弟子は師匠に似ていくもんですよ。惚れて入ってきますから。そうでなくそこを超えていくのは大変なことですよ。

だから、わたしだって自分の師匠は、五代目の柳家小さんですよ。特にわたしは身内ですからね、どっか皆さんから見ていて、「あさげ」「ひるげ」の匂いがするんじゃないかと思いますけれども(爆笑)。これは仕方がないことでございます。そこを抜けていくのは大変なことなんですよ。で、またね、祖父が演っていた須藤石材なんてお墓の宣伝も演っちゃってますからまたね。で、祖父はお墓の宣伝は、ＣＭも演ってましたよ。

「あっしも、ぼちぼち（墓地）ぼちぼち（墓地）」

って、凄い洒落を言ってました（笑）。わたしの場合はその同じＣＭを演ってますけど、その台詞は言えませんので、なんかこうね、早死にしそうじゃないですか、「あっしも、ぼちぼち」ってこの顔で言えませんから（笑）、

「祖父から孫へ」

っていうね。それをある人がねえ、

「えっ、ソフトバンクに入ったの？」

って、「祖父から孫へ」って読んだ人がいて（爆笑）、

「いや、孫じゃありません。孫です、これは」

なんて言ってね。もう、訳の分からないことがありましたけれども。まあ、とにかくこの業界っていうのは、その徒弟制度っていうんですか、弟子師匠の関係っていうのは、もう、絶対なんですよ。プロになるには、ここの門なき門を入っていかなければ、プロにはなれないんですね。どんなに素人さんで落語が達者であったとしても、そういうことじゃない。やっぱり、その師匠の下で修業して、そこで皆プロになっていくので、どんな師匠のところでも、優しそうに見える師匠のところでも、入ってみるとみんな厳しかったりするんですよ。だから、結構挫折して辞めちゃう人も多かったりしてで

すね。そういう厳しい世界でございます。

　で、お休みとかないですから、寄席に入るとね。三百六十五日、何年間かは、寄席に詰めてなきゃいけないんで、そこを潜り抜けた人だけが、一応プロってことになれるんですよ。それでも、なり手がどんどんひっきりなしですね。凄いですね、今ね。だから、昔は親は反対したもんですよ。落語家なんてこんな不安定な、ヤクザな商売ね、親が喜んでさせるなんてことがありえなかったのが、今、もう、両親が喜んじゃって、

「よろしくお願いします」

　わたしも、随分言われますよ。

「ウチの子供を、そのうち落語家にしたいんです」

　なんていうね、暴挙に出る親が多いんですよ（爆笑）。世捨て人にさせたいのかっていうね。何のために育てているんだ？　というような親が多いですよ。勘違いしてるなぁって思いますよ。こうして、シブラクに出て、サンキュータツオさんの目にかなう落語家が何人いると思いますか？　皆さん。大変なことですよ。ここに出ている落語家が、全員ではないんですよ、皆さん（笑）。「えへへへ」って、本当ですよ（笑）。ここを観ておけば全員カバーしてるかと思うと、そうじゃないんです。ここからも溢れてしまう。もう、どうにもならないような（笑）。

ウチの弟子だってお世話になってますけれど、まだお世話になっていない弟子もいる訳。十一人わたし弟子を持たせてもらっていますから……、そうなんですよ。で、それだってわたしばっかりが弟子を持っている訳じゃない。いろんな人のところに入門者がどんどん増えてる時代ですよ。で、落語家がわたしの認識している数だと、八百人なんですよ。大阪上方落語で二百五十人、東京で五百五十人、内訳は、わたしがいる落語協会ね、ここは三百人、小痴楽さんがいる落語芸術協会が百五十人。で、円楽一門が五十人、立川流が五十人。五百五十人、二百五十人、合わせて八百人。と、思っていたら、この認識はもう古いんだそうでね、「いや、違うよ」って、言うんですよ。「花緑さん、もう、九百人に達しているよ」ある人は、「いやいやいや、違う！　花緑さん、もう千人超えてるから」って、言うんですよ。

いろんなことを言っている人の共通点は何かっていうと、ちゃんと調べてないってこと（爆笑）。みんなね、適当に言っている訳。花緑みたいに調べている訳じゃないんです。でもね、どうも、八百人は違うらしいことが最近分かってきた。この間も、上方落語ですよね、あの文枝会長が退いて、仁智（じんち）師匠って方が新しい会長になったときに、そのネットニュースでね、「上方落語協会二百六十人は……」って書いてあったんで、十人増えていることが分かったんですよ。わたしが数えたときは、二百五十人でしたから。で、そんな風に段々増えているんで、九百人か、九百人に近づいているのが、事実だと思います。

でもね、もう一つ理由がある、増えている理由が。この間、歌丸師匠が亡くなったニュースがありましたけれども、それでも、やっぱり亡くなる先輩は少ないんです（笑）。高齢化社会、上が頑張っているんです。百年人生なんて、今、言っているでしょう？　落語界もそうですよ。だって、歌丸師匠は亡くなりましたけど、その師匠である米丸師匠がご存命ですから（笑）。九十三歳。大変なことですよ。そういう人がこれからもドンドン増えていくと思います。だから、そのうちにね、このシブラクだって、九十歳以上の噺家の会とか、ある筈ですよ（笑）。もう、出てくるだけで五分ぐらいかかっちゃうようなね（爆笑）。「う、うぇうぇうぇ」みたいなね。座るかなと思ったら、通り越しちゃうみたいなね（笑）。もう、それを観ているだけで一喜一憂するみたいな（笑）。そういう会もそのうちありますよ。そうやって落語家がどんどん増えているという事実が、今、あります。

今年のニュースで、ご記憶の方もいらっしゃると思いますけれども、所謂、日本の人口って奴ですよ。今、減り続けているっていうね。なんとなくご存じですよね、少子化って言われてますから。二〇四五年になると、この東京を含む関東は、相変わらず人が多いのですが、他の道府県は人数が半減するんじゃないかと、……恐ろしい話です。ちょっと怖いですよね、半減しちゃう。だから、地方の広範囲で生きていくのは大変だからまわり潰して、町を狭くしてエコで暮らそう。そういう構想があるんです。それを発表したのが、……何とかの何とかっていうところが発表したんです（爆笑）。分かっていないんですけれども、そういうことが発表されたんですよ。で、そのニュースを見たとき、あと二十八年ぐらいすると豪いことになる。ハッと、わたしは思った。

「大変なことになる、日本は！」

で、この大変さはね、どうやらね、そのネットニュースにも書いてないし、日本でわたしだけが気づいた危機なんですよ。……（小声で）発表しますよ、皆さん（笑）。ショックを受けないでください。これから日本は大変なことになる。今、言いました通り落語家は増え続けている訳（笑）。で、日本人は減り続けている訳（笑）。どうなると思います？　この国は。

どっかの時点で、日本人は全員、落語家ってときが来るんですよ（爆笑・拍手）。不安でしょ？　わたしは、夜も眠れない。この落語会も成立しない訳、全員落語家だから（笑）。花緑の弟子は十一人じゃ済まない。二千人ぐらい持ってないと……（笑）。彦いち君もねえ、三千人くらい。小痴楽君もねえ、真打になる頃には、もう五千人ぐらい持っている訳、弟子を。そうするともうね、初高座を踏んでないような弟子が、二、三百人いますから、そうすると寄席なんて、開口一番で前座が上がるなんて、一人じゃないですよ。まとめて二十人ぐらい上がる訳ですよ（笑）。一人が一席演る時代なんて、もう終わってますから、上がって、

「え〜、一席お笑いを申し上げます」

と、言ったら、一人目は引っ込むんですよ（笑）。もう、次々次々一言ずつ言って、最後オチだけ言って帰るみたいなね（笑）。そういう時代がね、あと何年かすると来る訳ですから、だから今日、皆さんにお願いします。このことを思い出してください。落語家には、皆さんはならないでください（爆笑）。そういうお願いです。あなたがならなくても、親戚とかね、何か身内が「なりたい」とかね、お孫さんが「なりたい」とか言ったら、今日のことを思い出して阻止してください、皆さん（笑）。お願いします、もうね。落語家はこれ以上増えなくてイイと思います。

でもね、増えるってのは、こんな洒落で言ってますけれども、発展するってことですから、それはいいことなんです。たくさんいる中から、やっぱりねえ、小痴楽君みたいなスターが出てくる訳ですから、だから、それはとてもおめでたいことですよ。

だって、他の伝統芸能はね、人数が少なくなると、やっぱり尻つぼみになる訳です

よ。だから、やっぱり神田松之丞（現・神田伯山）さんみたいな奇跡があって、講釈ってものが今ある訳ですから、で、人数がどんどん増えていけば、松之丞さんみたいな人が十人ぐらい増えますすよ。……多分ね、聴いていられませんよ（爆笑）。彼みたいな人も、一人でいいかなぁ～（笑）。でも、そういう達者な人が増えていけば、講釈という世界もどんどん発展しますよ。

だから、落語界もお陰様で人数が多いということは、スターが出る確率が増えますから、「それはいいことだなあ」と凄く思います。だから未来をね、いろいろわたしも夢想する訳ですよ。そうすると、結構落語界の未来は安泰なんじゃないかなっていう風に、まあ、楽観視しますよ。お陰様で、なり手が増えるっていうのはね、いいことだなぁと思います。

でも、未来を夢想するのもいいんですけれども、普段見る夢ってのはね、これまた落語家はくだらない夢を見ますよ。職業病かも知れませんけどね、よくね、仕事の夢を見るんですよ。よくみんな、楽屋で喋っていると、

「俺も見る。俺も見る」

ってね、みんな、言っているのが、出囃子が鳴っているのに足袋がいつまでも履けないとかね（笑）。職業病でしょうね。出囃子が鳴ったときには自分が出なきゃならない

ので、出遅れちゃいけないという思いがあるからでしょう。夢の中でそういうのを見ます。あたしも見たことがありますよ。あのね、帯が締め終わらないって夢を見たんですよ（笑）。

「あれぇ？」

って、

「もういいや、出ちゃえ！」

ったら、ずうっと帯が楽屋まで続いているの（爆笑）。訳が分からない。これはまだいいほうでした。最悪の夢は何かっていうと、高座に上がって来てお辞儀をして、パッと見たら真っ裸だったって（笑）、意味が分からない、本当に。裸なのはね、もうしょうがない。これは落語界の特徴ですから、って、どういうことか、分かりますか？　全裸（前座）、二つ目、真打っていうことなんです（笑・拍手）。……まあ、そこそこでございました。申し訳ありませんでした（笑）。

まあ、とにかくねえ、夢っていうのはある人に言わせると、何かバランスをとるってことがありますよ。

「人生すべてが、バランスだ」

って、言う人がいます。自分の発言とかね、これが食べたい、これが欲しいとかね、行為も自分の心のバランスだって人がいますよ。だから、夢もそういうもので、現実を生きるための何か夢の中で、バランスをとっていることがあって、いまだに解明されていないんですね。夢はなぜ見るのかっていうね。そのくらい何かね、夢というものは不思議なものでありますけれど……。

「やだ、この人、寝ちゃってんの、こんなとこでぇ。昼寝もいいけど、風邪ひいたらどうするかしら？　本当に……。

ちょいと、おまえさん……。

フッフッフ、男の人の寝顔なんてあどけないんだ、本当にさぁ。起きているときは何か間の抜けた顔してるなぁって見ることがあるけれど、ハッハッハッ。寝ちゃうともっと間抜けになっちゃうんだ、この人（笑）」

『天狗裁き』へ続く

目黒のさんまとお殿様

二〇一八年九月九日　日本橋劇場
人形町花緑亭　第25夜『目黒のさんま』のまくらより

鳴りやまない拍手をありがとうございます（笑）。今日が二十五回目というですね。早いなぁと思いますね。そんな記念の会になりまして、もう今日はスタッフも大変張り切っておりまして、何に張り切っているって、「グッズを売ろう！」ということですね（笑）、開場時間を三〇分早めて開演時間の一時間前に（爆笑）、誰も来ないだろうと思ったら、また来る方がいらっしゃるので凄いなと……。その方がもうね、何よりありがたいなってことでございますね。一時間もお待たせをした後に、突然、泥棒の話から聴いてもらおうというような（爆笑）、そんな会でございまして……。

今、わたしの弟子の〝おさん〟というのに演ってもらったのは、『芋俵』ってぇ演目なんですけど、これはあたくし、十歳のときに憶えて喋った噺です（笑）。だから。落語家の家の教育って凄いでしょう？　十歳のときに泥棒の噺を教えるんですよ（笑）。でも、それはねぇ、もう既に三席目で……、一席目で覚えたのは、『からぬけ』って、与太郎さんが出てくる噺ですから、バカと泥棒から教えようってんですからね（笑）。

これは学校じゃ決して教えてくれません（笑）、そういう内容を落語は先ず、そこから教えようってことですからね。あたくしは、豪い洗礼を受けて今日まで生きてきたんです。皆様は、いかがお過ごしでしょうか（爆笑）？

とにかく。今、落語家も増えてますから、そんな中で花緑の会にこうして来ていただくってことはね、本当に奇跡みたいなことですよ。ええ、八百人以上いるんですよ、皆さん、知ってますか？　八百人の落語をね、こう、全部聴くって大変なことですよ、これ。多分生涯聴かない落語家もいますよ。幻みたいな、出会わないみたいな。聴こうと思っている内に死んじゃっただとか（笑）。あるいはね、若手でも（聴こう。聴こう）と思ってても、何かその人の高座にあたらないでとか……。だって、わたしでも、表で会っても、挨拶も出来ないくらい分からない噺家もいますよ。

「お前、誰？」

みたいな感じの。お互いに分かんないみたいなこともあると思いますよ。そのくらいに人数がいるんですよ。落語協会の中でもそんな人が多いですけど、落語芸術協会ってところは（会が）一緒になることがない人がいますから、立川流とか圓楽党（五代目圓楽一門会）とか、そうですよ。で、また、上方落語っていうと、もう、本当に会わない人がいますから、分からないんですよ。芸人かどうかすら……。これ、凄いですよ。落語家が増えた。昔はそうじゃなかったらしいんですよ。

もう、東京の芸人っていうと、少ないときで五十人いるかいないかみたいなことがあって、そうするとどういうことになるかっていうと、その演目も皆で分かっている。この人はどの演目が十八番、得意だっていうとね、そのあとの四十九人はね、その演目を避けるんですって……。この人の売り物だから、演らないみたいなことで、お互いにそういうことをしながら、落語界は、何でしょう、まあライバルでもありながら、どこか協力しあいながら、というところがあって、そういう風になった。今はもう、分からない。八百人もいるとね、突然ですよ、とんでもない若手が、ウチの祖父の十八番をバァーンと演ったりだとか、するんですよ、「ええー！」みたいな。

「この演目演っちゃうの？　この子が？」

みたいな（笑）。そういう、こう、何でもいいみたいな時代に、今、なっているんですよ。でも、それでもイイんです。それが落語家の発展という名の運命ですよ。そういうルールも利かなくなるほど、増えている訳。それはそれでいいとしましょうよ、どうですか（笑）？　ねえ。

世代交代とかないの。だから、上が頑張っています。六十代七十代、頑張ってますね。八十に差し掛かろうって先輩がおりますよ。小三治師匠、馬風師匠、共に七十八歳、ねえ。十二月の十七日が、小三治師匠、飛んで十九日が馬風師匠ですよ。同じ年の生まれで。七十八か、今年九になるのかな？　そんなですよ、ええ。まあ、小三治師匠もかなり身体の悪いところもあるようですし、馬風師匠もそれなりにあるようですけど、二人とも現役で高座に上がれる体力がありますから、凄いですね。歌丸師匠もそう、死ぬギリギリまで、喋ってましたよ。

歌丸師匠はねぇ、本当に、わたしも僭越ながら二人会ってさせてもらいましたよ。『歌丸花緑二人会』みたいな看板を持たせてもらって、演らせてもらいましたけれども。凄いですよ、わたしが前方を務めたそのあと、緞帳が一回下がって、休憩後、出てくる。で、緞帳が上がって、出囃子に乗って出てくると思うけど、そうじゃない。もう、置物みたいに座ってる訳（爆笑）。そうすると、お客さんは油断してますから、

「ああ、いたぁ！　はぁぁぁぁぁ」

って、大変な騒ぎになって……。え～、もう体重三十六キロしかないんですから。一〇分ぐらい喋るのかな？　違う。そっからね、四、五〇分、ぴゃぁぁぁっと、お喋りになるんです。それね、どっかにスピーカーがあって、録音しているのを口パクで喋って（笑）、そうじゃないんですよ。ちゃんと当人が、体重三十六キロの人が、喋るんです。頭ハッキリしていましたね。

だから、そういう先輩方を見ていると、自分も、なんでしょね、この先どうなるか？　というなんか、未来のね、モデルケースがそこにあるんです。

で、肺を患っていたから、酸素をずっと楽屋で吸っていたのが、最晩年はね、高座でも吸わなければいけないって状態になりましたけれども、それでもお客様のほうは心得ていて、ちゃんと面白いところに来たら、笑っておりましたから、凄いですよね。

普通ね、ああいう痛々しい感じになるとね、お客様は笑わないもんですよ（笑）。健康な芸人だって笑わない場合がある訳ですから（爆笑）、……そうでしょう？　五体満足なのに、誰も笑わないみたいな（笑）。わたしも何度もそういう高座を経験していますから（笑）。それがあんな、もうねえ、生きていながらミイラみたいな感じな人で（笑）、大爆笑ですよ。

で、『つる』って噺がありますね、前座噺でね、「つーぅぅぅ」っとかね、「ポイと止まって、ルゥゥゥ」ってのがありますよ。歌丸師匠はね、あれが一番自分にとって演りづらい大変なネタだったんですって……。「何で？」って訊いたらね、「つぅぅぅぅ」が苦しいんですって（笑）。この息が続かない、「つぅぅぅぅ、うっうっ……ゲホゲホ」って死にそうになるんです（笑）。だからこれが大変だったたって言って、だからそうでない『紺屋高尾』だとか、長い四〇分の噺のほうが最後までお喋りになるんですよ。

だから、そう言いながら生涯現役で、亡くなったことは悲しいことですが、でも、全うして師匠はね、燃え尽きたって感じ……。ウチの祖父の小さんもそうでしたよ。本当に燃え尽きたって感じです。長生きするために楽をしようだとか、ちょっと休もうとか、ない！　求められたら芸人はね、行くんですよ。そりゃあ、嬉しいですよ。ウチの祖父の小さんもそうでした。もう、全国いろいろ行っていて、そういう最晩年は、もうわたくしがピッタリ付いて、いろんなところを回ってましたから、ええ、もう、どの会場もいっぱいなんですよ。何でかなぁって思ったら、皆、思う訳、

「今日が最後かも知れない……」

って、そう思って（爆笑・拍手）、

「ああ、最後じゃなかった」

とか言って（笑）、

「ニュースになるよ」

って、思いながら来るから、もう、どこも満杯なんですよ。……えっ、今日も別にわたしが最後だと思って来ている訳じゃないですよね？　この満杯はねぇ（爆笑・拍手）？　まだ、わたし生きると思いますけど、四十七歳でございますから。まあとにかくね、そんなんで芸人は生き様も芸になるから、亡くなった立川談志師匠とかもそうでしたね。

わたしが最後に談志師匠とお逢いしたのは、お弟子さんの生志君って人が、福岡の出身で、博多座を貸し切って、生志独演会のゲストが談志ってことで、殆ど談志師匠のお客さんなんです、これね（笑）。生志君を見に来たって、談志を見に来るんだって感じで（笑）。凄いですよ。もう、キャパ千何百が満杯になっている訳。で、わたしは、その日、自分の独演会が福岡のイムズホールというところであって、まさかの重なっているんですよ。わたしの落語会が終わった時刻に、向こうの開演時間という……。で、終わった後でサイン会とかさせてもらいますけど、その日も本とかCDとか売らしてもらっていて、お客様のサインをする予定が……、お客様に言ったの、そのときにイムズホールで、

「あの、お客様、今日はねぇ、談志師匠も福岡にいらしているんですよ」

と、

「生志君の会で。で、わたしは後輩として、師匠に挨拶に行かなきゃいけないから、悪いけどサインは出来ません」

っと、

「買っていただいたら、次回、サインをしますからね、よろしくね！」

みたいなことを言って（笑）、終わったら博多座にパァーっと行ったの。そうしたら

談志師匠が楽屋にいらっしゃって、もう、あのときはねぇ、声が出ない。最期は声が出なくなったんですよ。

「(晩年の談志の口調) 殆ど、こういう囁く声しか出なくって」

って、こんなんで喋る訳ですよ。で、楽屋に行ったら、師匠、凄い喜んでくれて、

「(晩年の談志の口調で) ……この間、おまえがぁぁぁ、あれだぁ、テレビに出てた、うん。何か、理屈を言ってた」

って、これだけなんですよ(爆笑)。誉められたんだか、誉められてないんだか、よく分からない(爆笑)。

「お前が理屈を言っていた」

って、言うんですよ。そのときもね、四〇分ぐらいお喋りになるんですよ。『権助提灯』だったかなぁ? 演ったのは。まくら振りながら、で、ピンマイクと高座マイクがあって、そのマイクに支えられて。千何百のお客様に、

「(晩年の談志の口調で) え〜」

この声で喋ってて聴こえる訳です。凄いですよ、もう。

で、そのあと、まあ、生志君も一席演って談志師匠で休憩、今度、生志君と師弟のツーショットのトークコーナーみたいのがあって、盆(回転舞台)が回ると、二人出て

きて、トークしているんですよ。生志君も緊張しながら、師匠と二人。で、何かのはずみで、談志師匠が言ったの、

「あの、小さん師匠がぁ」

って、言った途端、

「あっ、そうだぁ、今日は孫が来てた。出てこい！」

って言われて（笑）、ぼくは楽屋のスリッパ履いていて、

「はぁーい！」

って、スリッパのまんま（爆笑）、こう、上がって。で、嬉しかったですねぇ、出ていっただけで、もう、千何百のお客様が、

「（拍手しながら）うわぁー」

って、

「花緑さんだぁ！　うわぁー！」

「ああ、よかった。ここはみんな、ぼくを知ってた」

っと、思ってねえ（笑）、千何百人のお客様が……。で、また、上がったから何って訳じゃないんです。突然呼ばれただけですから……。で、生志君が言うんですよ。

「花緑師匠、何かウチの師匠に質問はありませんか？」

って、無茶振りみたいなことを、

「え、えっ?!」（爆笑）

突然、そんな質問って、もう、ないですよ。ぱっと思いついた言葉を言いました。

「師匠、長生きしてください」

って、言ったら客席が、

「うわぁぁぁぁぁ」

って拍手になって、盆が回っちゃったの、グルーっと（爆笑）。チャンチャンチャ、チャンチャカチャンチャ、チャンチャンチャンみたいな感じで。締めの言葉になっちゃったみたいな。わたし、それが談志師匠と会った今生の最後のときですよ。その後、だから、どのくらいしてでしょうか。もうね、声帯を手術されて、ずっと、病院で、一門も殆ど会うこともなく亡くなっていくんですよ。


ウチの祖父の小さんは凄いですよ。亡くなる前日までちらし寿司をペロッと食べましたからね（笑）。心不全で亡くなったって公表しましたけど、ここだけの話、食べすぎで死んだ可能性がある（爆笑）。本当によく食べた。大食漢は出世するって言葉がありますけれども、まあ、とにかくエネルギーを入れるんですよ。で、戦争体験もしてます。だから、昔の人ってのは、そういうことがあるでしょう？　食べ物がもったいない。談志師匠もそうでした。

「立川談志のタッパウエア」なんてね、師匠がお作りになって、パーティーでも余ったものは、どんどん詰めて持って帰りましょうってね（笑）。ものをとにかく大事にするんですよ。で、冷蔵庫に入れて全部腐らすというね（爆笑）。で、腐ったものも、「もったいないから」って、それをドンドン闇鍋みたいにしてカレー粉ぶっ込んで、「立川談志のカレー」って言って（笑）、「さあ、食え」って弟子に。弟子はみんな、「ありがとうございます」って、お腹がピィイイイみたいなことになる訳ですよ（爆笑）。

談志師匠はもらったものをね、大事にしようって、冷蔵庫にドンドンドンドンしまっておくけど、冷蔵庫が足りないからって、冷蔵庫が七つも八つもあったっていうんですよ（笑）。で、あるとき、あれ、談慶君って人かな？　ええ、とっても気の利く人で、冷凍庫の霜が多くなりましたから、

「師匠、あの、霜取りしておきます」

って、師匠が旅の仕事に出かけているときにね、

「おお、気が利く奴だ、おまえは！」

って、言って。で、冷蔵庫のものも出して、腐らせちゃいけないからね。とにかく一所懸命早く霜を取らなきゃいけないって、霜取りして冷凍庫に全部戻して、帰ったら、

その何日か後に談志師匠が、旅から帰ってきて、

「バカヤロウ！」

って、喜ばれると思ったら、怒ったんですって。何で談志師匠が、「バカヤロウ」って怒ったのかと思ったら、全部の冷蔵庫の電源を入れるのを忘れたらしいんですね（爆笑）。全部腐っちゃったって話があって（笑）。まあ、いろいろあるんですよ。食べ物の恨みは怖いですよ。だから皆さん、気をつけなくちゃいけないなぁって、そういう話です。

という訳で、一席目はお馴染みの『目黒のさんま』を演るんですけれども、そうなんです（笑）。すいませんねぇ。もう中にはお客様でねえ、ぼくより上手く演れる人がいると思うんですよ（爆笑）。聴きすぎちゃってね（笑）。

「あ、それなら、あたし演れるぅ」

って、人が多分この中に十三人ぐらいいる筈なんです（笑）。その人と、リレー落語で演ってもいいんですけれどもね。そのぐらいお馴染みの噺になりまして、秋の定番ということになるでしょう。本音で言えば、毎年演りたいぐらいなんです。多分お客様は毎年演ると飽きるので、それでもこの会で三年前に演っているんですよ、実は（笑）。どうしても、今年、演りたいって、いうのが、三年前に演って、一昨年も去年も、もう、ずっと我慢したから（笑）、もう三年我慢出来なくて、

「演りたぁーい」

って、かたちで今日は演る訳です（笑）。申し訳ありません、本当にね。

ええ、この噺は今、言いました通り、勿論秋の定番の噺なんでございます。で、目黒に行くとね、目黒のさんま祭りっていうのは、もう、始まったかなぁ？　今日⁉　どっ被りじゃないですかねぇ（笑）。そうですか？　で、大丈夫ですか？　「今日」って言った人は、今日そっちに行きたかったって話じゃないんですか、本当は（爆笑）？　そうですか、大丈夫ですか？

やあ、ぼくもねえ、お陰様でさんま祭りがあるってたまにポスターで見ると、行きたいと思うんですけど、必ずこの日曜日に確か、別の落語会を演ってるんですね。ですからねぇ、日曜日にこうした会があって、いまだに一回も行けてないんですけど、二回やるんですよ。品川区と、目黒区と、それぞれが何か週違いでね、二回やるんですよ。だから、ライバルみたいなことになっているようなんです。で、あれはなんかこう無料配布なんですよね。気仙沼だったりとか、宮古だったかな、どっか東北のほうから、援助で何か五千本だか、六千本だか、で、みんな、ゴーグルして、バタバタバタバタやりながら、もの凄い煙を出して焼いて、それがまた、ぶわぁぁぁっと何百人じゃない、何千人でしょうねえ。大変な行列で駅の周りを、もう、亡者みたいな感じで（笑）、みんな、もう、

「さんまを食わなきゃ、うぉぉぉっぉ」

みたいな感じで、みんな食べる訳ですよ。一匹のさんまをみんな、そこでは目黒のさんま祭りの落語会も演っているらしいんですよ。どっか近くの会場で。でも、おそらくさんまを食べている人は何時間も並んでいるから、誰も落語を聴かないんですよ（笑）。目黒のさんま祭りと言いながら、なぜ、目黒のさんまなのかって実態を知らずに（笑）、ただ無料でさんまが食えるからっていうんで（爆笑）、みんな、食べて帰るというイベントになってて、たまにポスターを見ると立川流の人とか、（三遊亭）吉窓師匠だったかなあ、確か、知っている人だと何かそういう人が、毎回落語会でトリで『目黒のさんま』を演るってことになってますけど、その会が盛り上がったというですねえ、報告は一回も受けたことがない（爆笑）。そうなの、テレビで中継したこともあったんですよ。でも、テレビの中継は、その列と焼いている人だけで（笑）、落語のことは一つも触れない（笑）。……びっくりしますよ、これ。目黒のさんま祭りなのに、ねえ。

だから、意外とその中身を知らない人もいるようなんですよね。まあ、聴いていただければ、こういう噺かっていうのは、今日初めての方はお分かりになると思いますけれども。主人公はお殿様でございます……。まあ、大体落語は庶民の噺が多いんですけれどもね。長屋の噺が多いんです。このお殿様の噺になるとちょっと浮世離れしているお殿様ですから、共感度が少ないかも知れませんが、わたしにとっては、エラく共感度が高い噺になっております（笑）。それはねえ、やっぱりお殿様というのは、イコールお坊ちゃんってことなんですよ（笑）。スケールは違いますけれどね。ええ、お殿様のほうが大きなお坊ちゃんですけれども、ええ、わたしみたいな落語家のお坊ちゃんは、小さなお坊ちゃんなんですけれども、お坊ちゃん繋がりっていうことで言うと（笑）、気持ちがよく分かるということで、秋になるとこの演目を演りたいという思いは、そこにある訳なんです。原点回帰、ねえ。なんかこう、自分を見るような感じで（笑）、戒めとかね、自戒の念を込めて演る噺でございますね。

まあ、とにかくお殿様ですから、なんかこう察するところ、まあ、お金があって、何か我が儘もあっていい暮らしが出来るって思いますけれども、それはそれで、お殿様の立場にも、苦労があるというところから噺が始まる訳でして……。

「あ～あ、ああ、退屈……（笑）。退屈だなっ。もう、このお屋敷の畳の数は勘定しちゃったしな」（笑）

『目黒のさんま』へ続く

日常にあった面白いことが落語になる

二〇一八年十月二十六日　イイノホール
柳家花緑独演会 花緑ごのみ Vol.36『時そば』のまくらより

独演会がスタートいたしまして、普通に会が行われるということは、ありがたいなぁと思いますね。

この秋はですね、いろいろ台風が多かったじゃないですか？　今、ちょうどいい塩梅に向こうにそれましたけれども、そんなんで結構、振り回されたりなんかしたもんですから、随分前から思っていましたよ。今日という日が台風だったらどうしようなんてね（笑）。そう思っておりましたら、ちょうどこの時期来ているのが、向こうに行って、なんか人間って薄情でね、あっち行くとよかったぁって、あっちで困っている人がいるのにですね（笑）、「よかった、よかった」……よくないんですよ。向こうは大変なことになっている訳。だって、逆もありでしょう？　今度向こうの人たちが日本に、台風が日本に向かっていくと、「あはは、よかった、べぇ～」なんて言っているんでしょう（笑）。いろんなニュースがありますけれど、やっぱり舞台に出る人間、高座に上がる人間としては、沢田研二さんの公演中止のニュースは、あれでいいのか？　って（笑）、考えま

すよね（爆笑）。仲間内の立川志らく師匠なんかはね、だいぶ沢田研二さんを擁護してまして、

「プレイヤーという者は、プライドが必要なんだ」

って、いうね。

「お客様と、それがもう許しているんだから、外野がなんか言うべきじゃない」

って、言うんですけれども、

「ああ、確かにそうかなぁ？」

って、思いますが、……だって七千人もいるんですよ（笑）。そりゃぁねぇ、収容が一万五千人ですか？　さいたまスーパーアリーナ？　ねえ、どこでしたっけ？　あそこのねぇ？　まあ、確かに九千人と聞いていたのが七千人って、どっちも多いじゃないか？　って、ぼくなんか思うんです（爆笑・拍手）。九千人って言っていたのが、九十人だったらびっくりしますよ、これ（爆笑）。

「九十人！」

って（笑）、ね？

「九千人が七千人なんだから、いいじゃないか」

って、そういう問題じゃないんですね、どうもね。沢田研二さんからするとね。い

やぁ、わたしもあるんですよ、スケールが小っちゃいけど、地方へ行って、あのう、

「八百人の小屋で、独演会です」

って、聞いて、開けたら二百人だったってことがありますから（笑）、実際ね。ええ、生き生きと演って帰ってきましたよ、わたし（爆笑）。

「二百人だぁ！」

なんて、思って。この会だってそうですよ。今日、確かにいっぱいと聞いていて、こんなにたくさん入っておりますけれど、ここに別に三人だっていいですよ、わたし（笑）。演りますよ。でも、三人だったら悪いけど楽屋で演りますけどね（爆笑・拍手）。そのほうが伝わり易いんで（笑）。むしろ三人で、ここだと……、何かね。演りにくいんで……。

「楽屋に来てくれますか？」

なんて、言ってね。ウチに呼んじゃうかも知れませんね（笑）、

「ウチのほうが上手く出来ますから」

とか、言いながらね。そうなんですよ。

どうなんでしょう？　スターって、やっぱりね、沢田研二さんは、スターじゃないですか？　ジュリーは、最初からダァーンって売れてた人でしょう？　落語家ってそう

じゃないんですよ。最初、前座のうちとか、小っちゃな会を重ねて重ねて演っていくので、もうもう、先ず少ないことに慣れてますから（笑）、逆に寄席なんかでお客さんがいっぱいで、

「今日はいっぱいですね？」

って、びっくりしたりなんかして（笑）。〝少ない慣れ〟をしているものですからね、決して大きい小屋に少ないからといって帰ってきてしまうことなんてないんです。そういう芸人聞いたことがありません。逆に言うとね、立川談志師匠なんか、いっぱいでも帰っちゃいますからね（爆笑）。不思議な人で……。皆、期待しているのに、途中で帰っちゃったりしてね、

「やる気がない」

なんてね。そういう人もいますが、例外です、談志師匠はね、ええ。あとの落語家は、そんなことを言いませんよ。小屋がどうであろうが、逆に大きな会場だと「演りにくい」なんて言ってね、そうですよ。千人超えただけで大変なことですよ。

「千人だぁー！」

なんて、言ってね。大変なことになっているの。七千人ですから（笑）、そこを何度も言わなくてもいいんですけど……。

だから、歌手は凄いなと思いますよ。その東京ドームとかね、東京ドームで落語だったらどうしますか？　皆さん（爆笑）。来ますか？　逆に（笑）。殆どの人が、花緑、指先（こんな）よ（爆笑）、こんな花緑見たってしょうがないでしょ、これぇ？　こんなんで、羽織ぴらぴら着て、ワァワァワァワァとか言って（爆笑）、そりゃマイクを通しているからちゃんと聴こえるとは思いますけれども、おそらくスクリーンでしょうねぇ。

あっ、この間わたしね、つい二週間くらい前にスクリーンで演りましたよ。静岡の信用金庫さんだったかなぁ。そのお客様向けの会っていうんで、年配の方が多かったと思いますが、だからお客様サービスですよね。お金、取らないの。で、千三百人分の椅子があるところで、千人ぐらい、三百ぐらいは空いているんですけれども、そこで後ろにスクリーンがありましたよ。ただ、

「落語のスクリーンって、どうするのかな？」

って、思ったらね。ただ、花緑（これ）が、花緑（この）まま映っているだけなんだよね（爆笑）。何か、二人いるの。こっちが大きい花緑で、こっちが小さい花緑みたいな（爆笑）。それも、こっちから観てて、どうなんだろうって、お客様がね（笑）。後ろのほうのお客様からすると助かるんでしょう。特に年配者が多くて、みんな、眼が悪いし、耳も遠いから（笑）。

もう、音もよく聞こえちゃってね。もの凄いスピーカーを立てて、わたしと、物真似を演る清水アキラさんと、二人で演るんですよ。それで、いつもは落語がトリだって言うけど、

「いやっ！　勘弁してくれ」

って、言ったの。清水さんをトリに回してくれって言ったの。あんな、鼻にテープを貼ったりして（笑）、谷村新司とか演る訳でしょう（爆笑）？　あのあとに、

「一席、申し上げます」（笑）

申し上げたくないっス（爆笑）。そのときに先に申し上げた訳（笑）、で、ゆっくり演っていただいて……、そんなのが、つい二週間ほど前にありましたね。そうなんですよ。だから、いろんな仕事がありますけれど、我々っていうのはね。

でも、あれですねぇ、今年の夏は本当に自然災害も多かったし、いろいろ大変な目にお遭いになった方も、この中にもいらっしゃるかも知れません。自分もそうですよ。そういう意味で、仕事先の人が、広島もそうですし、あの豪雨もそうでしたし、北海道だってこの間の地震もそうでしたけれども、いろいろ知り合いがいるんで、安否確認をしたりとか、心配をしたりする訳ですよ。

でもねえ、そんな中でも寄席は演んなきゃいけないんで、七月の後半、八月の上席、

寄席に二十日間出ておりました。全部、掛け持ちですよ。八月の上席なんか凄かったですね、三軒掛け持ちってのを演りましたね。普段はあんまり演りませんね。三軒移動するってことはですね、昼席で三つ回るんですよ。だから既に独演会を毎日演っているような感じですね。そういうのを演らせていただいたり、その前の二十日間も二軒ずつ、だから、こう、二十日間で五十席、喋っているということになりますね。はい、二つを十日間ね。で、三つを十日間ですから、五十席ですよ、ええ。他の寄席以外の仕事もあったりすると、もう、何席喋っているか、分からないってことに（笑）、なる訳ですね、お陰様でねえ。

そういうときにでもねえ、面白いことって起きますよ。楽屋でこの間面白かったのは、上野の鈴本ですね。そのあとわたくしは浅草演芸ホールの夜のトリに行くんですよ。だから、六時か六時過ぎの、出番ですよ。で、わたしが楽屋に入っていたら、鈴本演芸場ですねえ。で、わたしの出番の前の人、ええ、金原亭馬玉（ばぎょく）さんって方がいて、真打になって三年目ぐらいの人ですよ。若手の真打の方がいて、ぼくのあとは『ホンキートンク』さんの漫才ですよ。利君と弾君といって、利君はまだ入ってなかった。弾君が一人、楽屋に入っていた。で、三人いたんですよ。前座さんが後何人かいるだけでしたよ。それで、もう、次の出番が、馬玉さんですから、彼は着物着て、わたしはまだ着物

を着ていなかった、出番を待っていたら、ボリボリボリボリ何か音がする。で、こう、見るともなく見たら、

「あっ、花緑師匠すみません」

って、言う。

「えっ？　何？」

「いやぁ、煩くてすみません。いやあ、実は今、氷を噛んでいたんです」

って、言うんですよ。

「えっ？」

って、訊いたら、その前座さんが入れてくれた麦茶の氷をひたすらバリバリバリバリ噛んでいるんですよ（笑）。ゴリゴリゴリゴリ。彼は、その食べ物じゃないけど、その口に入れる物の中で、氷が一番好きだって話をしてるんです、ここで（笑）。

「へぇー」

って、もう、製氷機の氷はいつも作っているし、ねえ、とにかく氷が好きだ。もう、ガリガリガリガリ、食べるんだっていうんですよ。

「ああ、そう」

「出来れば前座さんにも多めに氷を入れて欲しい」

って、注文しているんだって、

「へえー」

って、何の共感も出来ずに一応聞いてたんです（笑）。

「ふ、ふーん」

なんて、言って。そうしたらね、わたしを通り越して、この馬玉さんが向こうの楽屋にいる――楽屋が二つあるんですよね、ここ。二つ楽屋で鈴本の楽屋ってのは、八畳と六畳みたいな。向こうの六畳にいるホンキートンクの弾君に、

「あのう、弾君は、氷は如何でゲスか？」

って、変な質問をしたんですよ（爆笑）。ああ、この会話は破綻するなと思いました（笑）。何の発展性もないね、

「いや、氷なんて別に好きでも嫌いでもないよ」

って、言うと思ったんですよ。違ったんです、この弾君が何て言ったか？

「いや、自分は世の中で、氷が一番嫌いだ」

って、ことを言い出したんです（爆笑）。

「へえ？」って……ったら、今までね、いろいろ楽屋での会話があったけど、こういう質問をされたことがないから、答える機会がなかったから、今日生まれて初めて喋るっ

て言うんですよ。

「へえ?」って……ったら、

「とにかく氷が大嫌いで、ウチで製氷機で氷を作ったことがない。まあ、言わないけど、出来れば前座さんにも、この麦茶の氷は入れて欲しくない」

って、言うんですよ。で、家で酎ハイとか酒は飲むから、ソーダはキンキンに冷やすけど絶対に氷は入れないって言うんですよ。そういう話が滔々と、もう、みんな、見ましたよ。

「えっー!」って(笑)、こっちも共感出来ない訳、わたしは(笑)。どっちも、こっちも。で、思わず言った訳、

「ああ、こんな会話は、もう、氷氷(こおりごおり)」

って(爆笑・拍手)。いやいやいや、そうしたらね、そこにいた前座さんが、これ聴いて、

「(手を打って)上手い!」

って、言ったんですよ(笑)。

「ちょっと、待て」

と、これもおかしな会話だ、と。縦社会ですから、このね、落語界っていうのは。前

座さんからね、真打に向かって、

「（手を打って）上手い！」

って、言うのはあんまり誉め言葉じゃないんだ、と（笑）。そうじゃないですか？で、気づけばね、その馬玉さんも、ホンキートンクの弾君も、そう、みんな、後輩なの。ふと見たら、あたしが一番上なんですよ（笑）。自分は若手のつもりでいたけれども（笑）。そうしたら全員がそれに気づいて、楽屋の空気が凍り付いたって、そういう話なんです（爆笑・拍手）。……すみません。これは、あのう、今年あった一番面白い話ですから（笑）、もう、あちこちで喋っているうちに仕上がって参りました（笑）。

ええ、でも、本当ですよ。こういう会話が突然来ますよ、楽屋に。面白かったですね、これはねえ。だから大体落語になっていることも、こういうことが元じゃないですか？　何か日常にあった面白いことが、きっと噺になっているんですよ。ねえ、これから申し上げる落語だってね、きっと、そうかも知れません。実際にそういうことをやっている人間がいて、それがそのまま噺になったんじゃないか、という風に思いますねえ。

『時そば』へ続く

酒を飲めない噺家は……

二〇一八年十月二十七日　イイノホール
柳家花緑独演会 花緑ごのみ Vol.36『猫の災難』のまくらより

落語家っていう生き物は皆様からどう見えているんでしょうね？　その客観視っていうものは、既にもうわたしには出来ません。九つの頃から演っておりますから……。最近『昭和元禄落語心中』っていうドラマがね、NHKで始まってくれまして、雲田はるこさんって方がお描きになった漫画が、その前にアニメになってとうとうドラマ化、実写化ですよ。昨日も三話目をやってたかなぁ。ぼくは観てないけど、一話、二話、観ました。間で本当の噺家がエキストラですよ。高座に上がるシーンで、はん治師匠とか、圓太郎師匠とか。で、前座のところに、小はぜ君がいたり、喬太郎さんが出たり凄いですよ。喬之助さんも、いろんな人が出てね。（あっ、これも噺家かなぁ？）って思ったら役者なんですね。「はなし塚」なんて、戦争中は出来ない落語を納めるシーンに、大勢の噺家風情の人がいる。（ああ、ここも噺家かなぁ？）って、思うと、それは全部役者なんですよ。台詞を言うのは全部役者で、台詞を言わないとこだけ本当の落語家を使っているというね（笑）、凄いドラマなんですけど、面白いですよ、観てると。あのドラマだけが落語家の印象ではないと思いますけれど、落語家が、……カッコいいじゃないっスか（笑）？　あんな風に見えてればいいなぁっと思いますけれど……。面白いなぁって思いますね。

だから、何でしょう？　お酒を飲む、飲まないってのも、落語家の印象で、「酒を飲まない」って言うと、びっくりされることがあって、それにこっちがびっくりするんですけど……、

「えっ！　落語家って酒飲めなきゃいけないんですか？」

みたいな、あれ何でしょうね？

「えっ！　飲めないんですか？」

みたいな……。

「えっ、『飲める』って言いました？」（笑）

みたいな……。

「だって、落語家さんでしょう？」（爆笑）

「えぇー！」

みたいな……。誰がそんなね、落語家イコール酒が飲めるって決めたのかなっていう、そういうことで驚く方がいるんですよ。

これは、体質的なことですから、しょうがないですよねぇ。それでもわたしも二十代ねぇ、頑張りました（笑）。何でも頑張ろうっていう口ですから、頑張らなくてもいいんですけれども。「酒を飲もう」みたいなね。体質に合わないってのはしょうがないですね。でも、あれ身体がバカになるんですか？ ちょっと飲めるときが来るのね。ずぅーっと飲んでるとね、「おう、イケるようになった」みたいな……。「強くなった」って、強い訳じゃないんでしょ？ 逆にどっかが弱くなって……（笑）、でしょ？体質的に寄せ付けないようにしてたのが、「ああ、もう、どうぞ、好きにして」って（爆笑）、どっかの臓器が弱っている訳ですよね？ ガンガン飲むってことは、よくないことなんでしょうけれども。でも、結構ね、ビールをお付き合いして、次にね、「ああ、焼酎いきましょうか？」って、飲んでね。で、時間が経ったらもう一杯ぐらい飲めたりなんかして……、凄ぇ飲めるようになったぁ。そうかと思うと、最初の乾杯のビールを二口飲んだだけで、倒れたりなんかするときもあって……、そうなんですよ。結構、もう、バラバラで、基本的に飲めないことが分かって、段々段々飲まなくなって、今もう、人が飲んでいるのを見るのが趣味っていう、いいのか悪いのか（笑）。そんな身体になってしまいましたよ。

だからこの間も長崎の時津ってところへ行って、初めての独演会だったんです。集客人数八百人の会場だったんです。「ありがとうございます」って、行ったら実際の動員は二百人だって話があって（笑）。で、その時津って町で、お酒を飲めないって話を独演会でして、そうしたら主催者の方がお土産をくださったんです。

「花緑さん、初の独演会でございます。今日はありがとうございました。お客様も喜んでいただきました。先ほど、高座でお酒が飲めないって話だったので、……焼酎をどうぞ」

って、焼酎を……（爆笑）。びっくりしました。あとで訊いたら、その人は日本酒が飲めないことだと思ったらしいんです。何かあれでしょう、鹿児島とか行くとまた違うでしょう？　お酒っていえば、焼酎のことなんでしょう？　焼酎が向こうはもう主流だから、そういうことになって、

「えっ？　飲めないの？　花緑さん。ああ、人生の半分損してるよ」（笑）

これ、皆さん、どう思われますか（笑）？　「そうだ、そうだ」という意見もあれば、「まぁまぁ、そんなことはないでしょう」っていう意見もあって、……ただ、わたしが言った人を見たときにですよ。その人が、人生を得しているようには、……見えない（爆笑・拍手）。

でも、酔っ払いが嫌いって話じゃないんです。ぼくはむしろ好きです。チャーミングだなぁと思うんですよ。昼間の男性なら、お仕事している姿、（カッコいいなぁ）、女性

なら、「魅力的だな」っと思う姿。夜になって、その人が目の前でお酒を飲んで、……崩壊していくんですよ（笑）。その人間臭さのギャップですね、つまりね。その凄くしっかりしたところと、そうでないところ。この幅が、その人だなぁと思うから、とても魅力的に感じる訳。でも、この魅力的に感じるというのは、幅がある人に限定させてくださいよ、皆さんね（笑）。最初会ったときから、「バカっぽいね。大丈夫かな？」って、思っている人が（爆笑）、グズグズになると、やっぱりバカだったという（爆笑）、この変わらない印象みたいなね。そりゃまた、違うんですけどね。

ですから、まぁ、イイですね。酔っ払いはどっか、愛おしいものを感じる訳でございまして……。

「やぁ～、たまの休みだなぁ。こんな朝湯の帰り（けぇ）に、キュッと一杯（いっぺぇ）飲めたら、嬉しんだけどもなぁ。ああ、こんなときに限って文無しときてやがらぁ。ああ、飲みてぇなぁ。ああ、飲みてっ！　飲みてぇと思うと居ても立っても居られねぇやぁ」

『猫の災難』へ続く

最先端の落語家

二〇一九年三月二日　日本橋劇場
人形町花緑亭 第26夜『芝浜』のまくらより

という訳で、独演会なんでございますけれど、本当にあの、プログラムにも書いたんですけれども、第二十五回というのが前回で、わたしの感覚ですと、つい一か月くらい前に演ったような気持ちなんですが、訊いたら九月の話だっていうんで、早いなぁという感じでございますね。しょっちゅう日本橋劇場へ来ているような、そんな感じがするんですけれど、しょっちゅうは来てないらしいということが分かった訳で（笑）、そんな認識で大丈夫なんだろうか？　と、自分を心配いたしますが、気が付けば今年も三月ですねェ。如何お過ごしでございましょうか（笑）？

春という季節は、人によっていろいろ受け取り方があると思いますね。今日あたりは寒いながらも、日が照っていると、暖かいなぁって思って、でも、ちょっと冷たい風も吹いていますからね。……寒いなぁなんて思って、どっちなんだろうみたいな日なんですが（笑）。

でもねえ、わたしも花粉症ですから、何か春というのは恐ろしい季節でもあるんです。でも、花粉症の人もいろいろいるでしょう？　夏の花粉だったり、ブタクサなんて秋の花粉だったり、人によってもまたそれが違って。だから、それぞれ春の受け取り方が違うんでしょう。

でも、不安定ですよね？　三寒四温なんてことをいって、暑い日寒い日を繰り返すっていうんですけど、でも、こんなに早くから三寒四温でしたっけね？　その昔ねぇ、どうでしたっけ？　だってもう台風が出来ているんですよね。一号は一月に出来たんでしょう？　元旦でしたっけ（笑）？　こんな先走った台風はないですよ（笑）。ねえ、気温が違うからこっちには来ないけれども、もう、二号が出来たっていう……、あれどうなったんですか？　もう世の中どんどんおかしくなってますから、本当ですよ。で、世の中がおかしいんですけれども変わってきてますよ、確かにね。

わたしも、今、あのう……、最先端の落語家になっていることはご存じでしょうか（笑）？　今、落語家が八百人から九百人いる中で、あることをカミングアウトしたのは、わたし一人っていうことになってまして（笑）。柳家花緑、発達障害があるっていうことをですね、二年前にそれを自分の著書に書いた訳ですよ。で、去年の秋ぐらいに、かなりNHKで大きく取り上げていただいて、今、大変話題を呼んでいるんですよ。で、いろいろ週刊誌とかでも、そういう特集があって、その特集ですと、「二年前から話題になっている」と、自分が本で公表した頃からなんですよ。と、いうことは、わたしがブームを作った可能性が今（笑）、まことしやかに進んでおりまして……。

　その発達障害っていうのはね、その当事者は苦しんでいる人も多かったりして、わたしはその中でも、学習障害っていわれるほうなんですよ。ＬＤなんてことをいわれて、いろんな言い方があるのね、ディスレクシアとか、識字障害、読字障害、とにかく字の読み書きがあんまり上手くいかない。で、これは、別に漢字の書き取りとかドリルをやらなかったから、サボったから、そういう病がついたって、そういう問題じゃないんです（笑）、そうじゃなくって、元々脳に、コンピューターでいうところのバグみたいな、ちょっと上手くいかない箇所があって、これは治らないらしいんですよ。生涯付き合っていかなくてはいけないみたいなことで、他の知能指数は普通なんだけど、その読み書きとか、人によっては計算が出来ないとか、そういうところだけが、欠落しているっているような、そういう病らしいんですよ。

　と、いうのに気づいたのも、わたしもほぼ五年くらい前なんですけれど、で、そういうことが、今、問題になっているんですよ。そういう障害者も含め、いろいろあるでしょう？　企業も、その雇用しなければいけないってのを、雇用してなかった。嘘がバレちゃったとかで、大問題になっているんですよ。で、また、発達障害っていわれる人たちは、わたしも、見た目に分からないんですね。

「きっと、この子は、『薔薇』とか『醤油』の漢字が書けないだろう」

とか、思いながら落語を聴いている人はあんまりいない訳で（爆笑）、それによって、

「今日の噺はよかったけれど、『薔薇』が書けないから、ダメ」

って、そういう人もいない訳で（笑）。だから、あまり関係がないっていえば、関係がないんですよ。がないんですよ。ただ、その症状は合併症じゃないんだけれど、病が横に飛ぶんですよ。発達障害の中には、わたしみたいに、その学習障害ってものと、注意欠如多動性障害って、もう一個あって、こっちには自閉症スペクトラムみたいな、アスペルガー症候群といったような、コミュニケーション障害、主に三つあるっていうんだけど、これはこっち、繋がる可能性があるっていうんですよ。で、繋がるってことでいうとわたしは、注意欠如多動性っていうものが、小学校のときからあったなぁと思うんですよ。特徴の一つとしては、落ち着きがないっていうんですよね（笑）。で、先生から受けた注意を何度も、繰り返すっていうんですよ。だから、かなり不真面目な生徒に思われちゃうんですよ。忘れ物も多い。わたしは随分忘れ物をしましたよ（笑）。

あの、月曜になるとね、体育着を忘れて、で、割烹着忘れて、上履き忘れて（笑）、我を忘れて、全部忘れている訳ね（爆笑）。よく、そんなんで生きてきたみたいな感じ

で……。で、今、落語協会の会長をやられている柳亭市馬師匠が前座の頃、小幸って名前の頃に、それを届けに来てくれるんですよ（笑）。で、ぼくが一番後ろにね、座ってれば、こっそり後ろから開けて、

「おい、忘れ物届けたよ」

「ありがとう、小幸さん」

って、言えばいいんだけど、もう、ほら、出来の悪い生徒は、先生の教壇の目の前って決まっていますから（笑）、ここにもう鎮座していますから、わたしはね。しょうがないから、前から、柳亭市馬、今の会長、その当時、小幸といった前座が入ってくるんですよ。ガラガラって、

「先生、すみません。ウチの九が……」

わたしし、本名が小林九って、

「九の忘れ物が……」

なんて言うと、もう、クラスのみんなが、

「わぁー！　来たぁ！　弟子が来たぁ！　弟子が来たぁ！」（笑）

なんて言って、まるで、わたしの弟子みたいな扱いになって（爆笑）、その人が今の落語協会の会長をやっている訳です（笑）。

それがその、わたしのは学習障害っていうんですけど、その障害って言葉が嫌だって結構、お客様から聞きますよ。

「障害って何か違う言葉がないのかしら？」

ってね。これもね、ものは考えようでね、言葉をひっくり返して字を変えるとね、なかなかいい言葉になるんですよね。『学習障害』は『生涯学習』っていう言葉になる（笑）ってことに最近気が付いた。『発達障害』が『生涯発達』みたいなねぇ（笑）。尻上がりによくなるよみたいな感じでね。なかなかいい感じになるんですよ。で、その注意欠如多動性には、多弁症ってのもあって、毎度申し上げていますけれど、多弁症って言うとわからない人がいて、

「ああ、この人は、うんちがいっぱい出ちゃう病気なんだな」（爆笑・拍手）

って言う人がいて、

「ヤクルト飲んでないのに、よかったじゃない」

って、そういう話じゃないんです、これは。いっぱい喋るって奴ですよ。で、中には、空気が読めないってことにもなるんですよ。友達が遊んでいる輪の中に突然入っていって、ねえ、もう、全然違うルールで、「わぁー」っとかき回して、みんなが唖然とする。

「何なの？　この人」

自分の話ばっかりしているとか、その多弁も何かに取りつかれたように喋ってしまって、「はっ！」って、人に指摘される。

「あっ、そうか。これは周りが困惑してたんだ」

って、いうことに後で気づくってことがあって、これが症状だったりするんですよ。だから、落語家でよかったですよ。多弁症がものを言う訳ですよ（笑）。これがねぇ、多弁症じゃないとね、大体二時間のライブも、一時間半ぐらいで終わっちゃう訳ですよ（笑）。

「早くウチに帰りたい」

なんてことを言ってですね。もう、一所懸命喋らないんです。ところが、多弁症の落語家はいいですよ。もう、我を忘れてどんどん喋りますから（爆笑・拍手）。二時間経って、「やっと仲入りか」みたいなですね、もうそんなことになりますから、今日も覚悟してください、皆さん（笑）。

この会は大体夜にやってたのを、昼間になった理由が分かりますか（笑）？　夜やっていると、もう、お終いがねぇ、もう、電車がなくなるから、早くに演って（笑）、で、ずぅーっと夜まで行こうぜってことですから……。大体ねぇ、二時間ぐらいで終わると思っているでしょう？　そうはいきませんよ、これ（爆笑・拍手）。もう、いつまでも喋りますよ、今日も。ねえ、びっくりするでしょう。だから、もう、眠かったら、寝たほうがいいですよ（笑）。いつまでも付き合ってるとね、いくらお金を払ったからといいながら、疲れますから、皆さんね（笑）。

あのね、喋ると聴くと、どっちが疲れるかって言ったらね、聴くほうが疲れますよ（笑）。そういうことですよ。皆さんそうでしょう？　お喋りの方、この中にいると思いますけどね、喋っているほうが発散になるくらいで、聴くほうはね、大人じゃなきゃ聴けない（笑）。皆さん凄いね。聴くだけじゃない、お金も払っているって、もうねぇ（爆笑）、素晴らしいことですよ。日本の奇跡はここにあると思います、わたしは（笑）。本当にね、大変なことですよ。ありがたいなぁと思いますね、本当にね。

講演会は全国いろいろ頼まれたところに行くんですけれども凄いですよ。いろいろ行ってますけど、この間もすぐ近くの豊島区で、地元で演ったのもありましたけれども……。久留米で今度四月にもあるかなぁ……、いろんなところで頼まれていますよ。頼まれると大概、セットなんですよ。

「講演会も、そういう話も聞きたいけれど、落語もお願いできますか？」

って、言って（笑）。そういう感じなの……。

「落語だけだときっとギャラもお高いでしょうけど、講演会ですから、これでどうですか?」

って、みたいな感じで（笑）。

「いやぁ、いいですよ」

って、みたいなことで行くんです。で、講演半分、落語半分ってことで、ウィンウィンみたいな感じで……（笑）。ところがね、去年、熊本に行ったんですよ。凄いですよ、

「落語はご遠慮ください」（笑）

そういうところあるんです（爆笑）。演らせてくれないの（笑）。

「いいです」

って、言うの（笑）。で、熊本に行きましたよ。三百人くらいお客さん集まってて。そういうことを聴きたいって、モチベーションの高い、去年の十二月の一日ですよ。で、二時間の予定が、二時間四〇分。あとの質問コーナーにいっぱい手が挙がって、それに一つ一つ答えたいじゃないですか? で、「あと、大丈夫ですか?」

って、言ったら、

「ええ、あと、ここの会場は誰も使わないから、いくらでも、どうぞ」（笑）

「いくらでも、どうぞ」ですよ。落語はご遠慮くださいなのに……（笑）。まだ語り切れないぐらいの感じで帰ってきましたよ。だから、結構そういう話を聴きたいって人

は、今、多いらしいんですね。落語界の中で、何度も言いますけれど、「発達障害だ」ってカミングアウトしたのはわたし一人ですから、皆さん（笑）。

ところがね、疑わしい連中はいっぱいいる（爆笑・拍手）。そこは押さえておかないといけないところです、皆さん。誰とは言いません（笑）。多分、落語好きな人は、（あの人と、あの人かなぁ）って、思うでしょ（爆笑）？　いろいろ該当するかもしれない、心に思い当たる人がいると思いますけれど、言っておきますけれど、『笑点』メンバーは全員アウトです（爆笑・拍手）。もう、分かり易いのは黄色いおじさんね（笑）。ラーメン売って馬鹿な人は多分そうかも知れません。わたしもね、「仲間だなぁ」と思いながら毎週観てますから（笑）。そうです、あとも皆怪しいですよ。だから、落語界は、そういう人じゃないとなれないって時代がそろそろ来ると思いますよ（笑）。

「お前は普通だから、やめておけ」

って、弟子を取らない理由が、

「お前は普通だからダメ」

って、いうね。おかしいぐらいが、

「お前、いいねぇ」（笑）

みたいなね。スカウトしたりなんかして、そういう時代がもう近づいていると思いますね、ええ。そんな人の落語会に、ようこそお越しいただきました（笑）。

さあ、やっと落語に入ろうという気分が高まってまいりました（笑）。この時季って、わたしも演るものいろいろ考えますよ。冬の演目も演りたいけれど、春にも近づいているっていうんで、今日は冬から春というのを、お終いまでの間に、お聴きいただこうという……。

先ずは突然、こんなネタを演って恐縮ですが、魚屋夫婦の噺を演ります。

酒に狂って、もう、どうにもしょうがないという、まさかのそんな噺から始まろうという……。


「おまえさん、起きて、ね、ちょいと、ね、おまえさん、起きて」

「うっ、う……、何だよぉ、ええ、何？」

「何じゃないわよ、おまえさん。ね、商いに行ってちょうだい」

「商いに行け？　勘弁してくれよ、もう……」

『芝浜』へ続く

昇太師匠の結婚

二〇一九年九月十九日　日本橋劇場
人形町花緑亭 第27夜『つる』のまくらより

いきなり謝らなければならない事態が一つありますね。プログラムがね、今日は二十七回目なのに最初の文章に、「前回二十五回は」って、書いてあるんですよね（笑）。もう、読んだら本当に恥ずかしかったんですよ。だから、自分が如何にぼんやりしているかってことが露見したんですけど、もっと驚いたのはマネージャーもここオフィス380（みやま）の主催者さんも誰も気が付かないってところにですね（笑）。もう、前回の二十六回はなかったことにしようってことに、なっておりまして……。今年の三月にやっているんですよ。ええ、あの会は来た人がいても、内緒にしておいてください（笑）。なんのこっちゃぁ？　ええ、今日、二十七回目なんです。

お陰様でね、もう二十五回以上は何回でもいいやってことで（笑）、たくさん演らせていただいているということで、ありがたいなぁと思いますね。しかも、こんな広い会場にたくさんのお客様でありがたいなぁと思います。実のある話をこれから演ろうってことじゃないんですよ（笑）。皆さんも聴いた途端に、明後日ぐらいには忘れちゃうような内容をこれから喋りますから（笑）、今頃、なんか、こう入場料の元をとろうとか、損をしたなぁとか、いろいろ葛藤とかあるかも知れませんけれど、前もってお詫びを申し上げておかないとですね（笑）……。もう花緑の独演会の場合はですね、「花緑が面白いことを言ったら笑おう」って考えていると、終わってしまう可能性もありますから（笑）、二割増し、自力で笑うくらいのですね、優しさがあるとですね、「今日は、いい夜だったなぁ」という風に、え〜、ガッテンして帰っていただけると思いますので、そこのところをお願いしたいなぁと思います。

今日もいっぱいのお客様と言いながらね、こうやって見ると何となく歯抜けになっているところがあって（笑）、ご冥福をお祈り……（笑）、死んじゃった訳じゃないですよね（笑）。まあ、これは遅れて来ればまだいいんですけどね。たまにいるんですよね、一日間違えちゃって明日だと思っちゃっている人ね。明日ここへ来るんですよ。「ああ！　昨日だった」ってね。そういう方もたまにいらっしゃるんですけど、そういう意味でいろいろありますよ。台風で千葉だって大変でしょ？　今ね。ああいうところから来ようと思って来られなかった人もいるかも知れないし、いろいろ事情がありますからね。ですから、皆さんだってそうでしょ？　今日、ここへ来たってのはね、家族を捨てて友達を捨てて（笑）、ねぇ？　仕事場も捨ててここへ来た訳ですから、徒（あだ）や疎（おそろ）かには語れないってことになっておりますから……。

とにかく、この会は、令和（になって）一回目ってことは間違いないですね。でも、あの、令和、令和って言ってますけど、どうですか、皆さん？「皆さん」って言っても、だれが代表で喋っていいか分からないと思いますけれど（笑）。つまり、令和らしさって何でしょうね？まあ、わたしみたいなスピリチュアル好きになると、なんかいろいろ言われていました。この平成から令和に変わるっていうのは、まさに、もう宇宙も変わる。地球も変わるんだ。大きく世の中が動いていく。今までの「うお座の時代」と違って「みずがめ座の時代」といって、もう支配の時代が終わって自由な多様性の時代なんだってね、そういうことを言ってるんです。

でもね、一番の多様性はどこに感じるかって言うと、やっぱり春風亭昇太結婚って、ここです（爆笑・拍手）。「うわぁー！　令和だな！」って、思いました（笑）。まあ、そりゃぁねぇ、蒼井優ちゃんと山里亮太さんの結婚も驚きました。で、そのあとの小泉進次郎さんと滝川クリステルさんも驚きましたけど、ぼくには、やっぱり春風亭昇太結婚（笑）。これがもう、……びっくりしました（笑）。勿論ね、仲間内だから、まぁ、親しいからってことが一番ありますよ、ね？　まあ、身内とは言わないけれど本当に親しい兄さんで、二人会もよく演らせてもらってますし、二十代の頃から影響を受けまくっている、優しくって、面白い先輩ですから。で、ずぅーっと独りできたでしょ（笑）？

だからひょっとするとね、今まで独りできて、これからも独りでいくってことの確率として、男色かも知れないと思ったこともある訳ですよ（笑）。多様性の時代ですから（笑）、そんなことでわたしもね、白い目で見たりしない。別にそれはそれでいいんですよ。自由でいいじゃないですか。「そうなのかなぁ？　いつカミングアウトするのかな？」って、思ったら、そういうことはないのね（笑）。だから、二人会なんかに行くと半分ぐらいドキドキしたりなんかして……（笑）、多少ちょっとね、何か迫られるんじゃないかと思ったら、そういう心配も何にもなく（爆笑）、はい。

人見知りですからね、春風亭昇太師匠は。だから、普段のね、『笑点』の司会とか演っている、あの明るいイメージとちょっと普段は違うのね。それは、昇太兄さんだけが、そうだって話じゃなくって、噺家の多くが実はそうなんですよ。あれ、何なんですかね？　言葉は悪いけど自閉的っていうか、むしろ本当に普通で心を閉じてるみたいな人が高座に出ると、なんかその部分の反動があるみたいで、オープンマインドに、高座でなれるんですよ。普通逆でしょ？　高座のほうがドキドキしたり緊張したり、自分でいられないって感じがするじゃないですか？　そうじゃない、むしろ高座のほうが、オープンマインドで明るい人で、何かとっつきやすい明るい人なのに、高座を降りると

帽子を目深に被って（笑）、もう……、

「サインください！」

「……いやぁ、ちょっと勘弁してください……」（笑）

そうやって、帰っていくみたいな人が多いんですよ。わたしはどっちかっていうと、高座と変わらない感じ（笑）！　アホみたいで、ずっとこのままです、わたし。

そういう意味で、そういう風に生きたいって思えば、自分の師匠の五代目の小さんも、そうでしたよ。全然、家と外とが変わらない人でしたから、そういうのカッコいいなぁというイメージも確かにあります。あと、先輩の鶴瓶師匠とかね。あの『鶴瓶の家族に乾杯』を観ても分かるように（笑）。あれはだって局が考えた企画ではなくて、鶴瓶師匠がやりたい企画をＮＨＫさんでやっているんですよ。

町をぶらぶらぶらぶら徘徊じゃない（笑）、歩いて……、アッハッハッハ。それで、こう、話しかけて、ネタを仕入れるってのは、昔から師匠はやってたみたいで、それを後から番組にしただけなんですよ。ええ、だから、得意技なの、ああいうのは。でも今は福の神みたいなものですもんね。みんな鶴瓶師匠を見たら、

「ああ、鶴瓶ちゃぁん！」（爆笑）

なんて言って、おばちゃんなんか抱き付いたりなんかして。あの普通のおっちゃんな

のにね（笑）。凄いですよ。もうだから、何かこうねぇ、着ぐるみみたいに、キャラクターみたいになってますからね（爆笑）。笑福亭鶴瓶という名の、ゆるキャラみたいな（笑）、そういう感じになっているじゃないですか？　で、昇太師匠は、ぼくの中では、やっぱ、結婚するっていうのは、いつかくるかも知れないと思っていたけど、「今、なのか？」、やっぱり令和を越えてからきたから、うわぁーっと思いましたよ。でもね、昇太師匠は、二人会とか演らせてもらっていると、以前から、『笑点』でもね、結婚出来ないキャラとか言っているから、それに対するエクスキューズをまくらでやっぱり、振っていたんですよ。それも全国の公演で一緒になったときに、聴いていますから。何て言っていたかというと……、「自分は結婚出来ないじゃない」と、「（結婚）してないだけ」と、それも自分は幸せの法則ってのが、自分なりにあるんだって、これは昇太師匠の話ですよ。で、昇太師匠曰く、

「自分は家も建てて、で、『笑点』のメンバーにも入って、で、司会にまで抜擢されて、得るものが多いでしょ？」

と、

「こんな自分が可愛い嫁さんもらったら、皆さん、どう思います？」

って、言うんですよ（笑）、ねぇ？

「上手くいく訳ないでしょ？」

って、いう訳。だから、これが、可愛い嫁さんがいない分、自分は得てるものが多いのだから、これでバランスが取れているんだってことなんです。だから、

「自分は、幸せな結婚なんてしちゃいけないんだ」

って、言ってたんです（爆笑）。だから今思う、とっても心配だなぁって……（爆笑）。大丈夫かなぁ……って。

でもね、凄いのは、やっぱりね、春風亭昇太って人は、ぼくは、運を持っているなって思った。あの兄さんの結婚報道が出る二日、三日前ですよ。もう一個大きな報道があったのをご覧になってますか？　昇太師匠が落語芸術協会ってところに所属していますけれど、会長になったんですよ。……わたしがいるところが落語協会。落語芸術協会が昇太師匠のところ、で、昇太師匠の芸術協会の会長さんは、あのう、去年亡くなった歌丸師匠ですよ。で、副会長は、便所でお尻を副（拭く）会長の小遊三師匠（笑）、で、小遊三師匠が歌丸師匠が亡くなったあと一年間、ね、会長代行兼、副会長ということでやってて、普通はそのまんまスライドして自分が会長になるでしょう？　ところが今回、副会長を退いて参事ってところのポジションになって、昇太師匠をバックアップして会長にさせたんですよ。

で、これはね、幸せの法則で言うと、また、得るものが多いからって思うでしょ（笑）？　プラスのほうに。ところがね、わたしはそう見なかった。というのは、わたしの亡くなった師匠の小さんは、この二十年以上落語協会の会長をやってきたんですよ。会長って職が如何に大変か、身内として見ていますから。そりゃぁね、プライベートを優先出来ませんよ。祝儀不祝儀、いつ人がどうなるか分からないものに、その落語協会の会長の顔として、出向かなければいけない。結構やっていましたよ。まぁ、剣道やってて体力もあったから、可能な限り。もう、本当に他人の葬式とかね、もう、「そんな人まで出てたら、自分も死んじゃうよ」って思うくらい（笑）、あっちこっちに出て。パーティーで挨拶して、で、後輩が二つ目から真打に上がる。誰かが大きな名前を襲名するってぇと、必ず口上というね、こう、緋毛氈に黒紋付に袴で、ええ、「（五代目小さんの口調で）この者をどうぞ、よろしくお願いします」なんてね、名も知らぬ若手の真打のためにやったりなんかして（笑）、もういろいろ時間を使うんです。

で、そういう大変さを見ているから、名誉もあるかも知れないけれど、それよりも、そのね、大変さのほうが、あると、「うわぁっ、凄いことを引き受けちゃったなぁ」って、思って、昇太兄さん。だって普段、袂にしている紋は、クラゲの絵のクラゲ紋ですよ（笑）。ふわぁーっと生きていきたい人なんです、本当は（笑）。お城だけを見て（笑）、ふわふわして、一人で好き勝手生きていきたい人が、「会長になったんだ」と思って、「大変だなぁー」っと、思ったら、二日、三日後に可愛い嫁さんをもらったでしょ？　これでバランスが取れたなって思った訳（笑）。

だから、春風亭昇太、大丈夫です。大きなお世話ですけどね、後輩のわたしが言うのもね。この間、会ったんですよ、その報道から結構会ってなくて、九月の頭かな？　安中市ってところですよ、群馬県のね。松井田文化会館ってところで二人会があって、はじめて兄さんにね、

「おめでとうございます」

ってね、

「結婚おめでとうございます」

って、ことを言えてね。

「お、おうおうおう」

なんてことを言ってんですけど……、その日はね、そのあとの仕事があって、兄さんはお帰りになって、……高崎だ。新幹線で行って、そこから車で松井田文化会館まで行って、四〇分。で、そこから帰ってきて、昇太兄さんは別のところへ行ったんです

よ。仕事忙しいから、掛け持ちで。で、ぼくは自分の弟子の吉緑っていうのと、あと昇太兄さんのお弟子さんの昇咲君ていう前座さんと一緒に車で帰ってきて、そこで凄い事実を聞いちゃったの。昇太師匠はお弟子さんが九人いるんですけど、九人いるお弟子さんが、……これ九月の二日現在かなぁ……、まだ、その奥さんと会ったこと、誰もないんだって（笑）、お弟子さんが。聞いている？　みんな（笑）？　聞いているよね、あっはっはっは（爆笑）。

「ええ、えーっ！」って、思って、普通、身内から会わせるでしょう（笑）？　挨拶もしてない。誰も会ったことがない。見たこともないっていうんだって（爆笑）。で、アッと思いました、わたしは。ここだけの話、……結婚は嘘かも知れない（爆笑・拍手）。あの想像妊娠って言うでしょ、想像結婚みたいな（爆笑）。怖いねぇ〜、そうなると、家へ帰った春風亭昇太が縫いぐるみを撫でながら、「おおい♡」なんて、こうやってる（笑）。そういう報道がこれからニュースで出るかも知れない。怖いですね……だからまだ油断出来ません。誰も会ったことがない昇太師匠の奥さん。なんか報道では出ましたけどね、四十歳でとか、青山ケンネルでとか、写真も出たりもしたけれど、ツーショットの写真を誰も撮った人がいないんです（笑）。そうでしょう？　あなた見たことある？　ないでしょう（笑）？　会った？　街で、お母さん？　会わないよね（爆笑）？　……いないからです、それは（爆笑・拍手）。決めるなって話ですよね。そうなんですよ、だから、昇太師匠はホントにシャイな人だって、ぼくも知っているから、だから本当に付き合って十年くらいしてからですよ。はじめて、二人きりで、

「花緑ちゃん、ご飯食べようか？」

って、いうときがきたんですよ。十年、所謂、差し飯ってしたことがないんですよ。そのくらい、何ですか、シャイな……本当に、だって静岡の清水でしょ？　あの清水の次郎長の。もうちょっとね、静岡県の人ってオープンマインドですよ（笑）。

ぼく結構ね、静岡市内、あるいは三島とか清水町、あの辺でいろいろ会を演っていますけど、もうね、お客さんもね、「うわぁぁぁぁぁぁぁ」って、頭がおかしいくらい笑ってくれるんですよ（爆笑）。はい、失礼でした。もう、ラテンなの、静岡は（笑）。だから、変わっていますよ、そういう意味では。まあ、いいんですけど、そんなに、昇太師匠の話ばかり演ってますけど。……本当にそうですよ。

都内にいろんな落語会がありますねぇ、あのう、渋谷って街は皆さんどうですか？　まぁ、今日のお客様は、このね日本橋界隈でお住みの方がいらっしゃるでしょうし、まぁ、わざわざ遠方からお越しの方も、多いと思いますけれども。渋谷での落語会って

ね、結構嫌いな人も多いですよ。

「あんな街はごちゃごちゃしていて行きたくないのよ」

って、言うね、年配の方も多い。ええ、でもわたしは結構ね、まぁ、渋谷の近くも住んでいたこともあって、割と好きな街ですよ。あのごちゃごちゃを何とも思わないっていうのは、まあ、自分がこう、都会っ子だからかな？　と、思いますけれど。で、そのシブラク（渋谷らくご）っていう落語会がね、ええ、これ、今年の秋で五年目を迎えるんですよ。あの、〝米粒写経〟っていう漫才師の一人のサンキュータツオさんって人が、もう落語熱のもの凄い強い人で、その渋谷系の若い人たちにも落語をちゃんと聴いてもらいたいっていうんで、渋谷の中でも大変環境のよい円山町って場所を選んで（笑）、映画館の一つを借りてやっている落語会なんですよ。そうすると若者が来易いってことでね。実際、二百人ぐらいの会場なんですけど、渋谷ならではっていうお客さんがね、席を埋めてくれて、新鮮にこっちも受け止めるんですよ。で、若手が出たり、たまに真打がトリをとったり、そういう会なんですよ。ウチの弟子も、前方に出た緑太も、そうです。タツオさんにお世話になって、シブラクのメンバーに入らせてもらって、花緑師匠も出てくださいってのが二年ぐらい前かな。はじめて、シブラクに行きましたよ。

その渋谷の駅をずぅーっとね、あそこの坂を上がっていって、あの円山町。ラブホテル街なんて行ったことがないです（笑）。「懐かしいな」と、思ってないです（笑）。で、その映画館ですよ。

で、何回か出るうちの今年のね、春ですね、四月ですよ。出番があって三人ぐらいメンバーが出て、トリをとるってありがたいですね、一応いっぱいってことになって、二百人が入って、で、出番を待っていました。皆、若手の噺をモニターで聴きながら。で、こう、パンフレットっていうかね、冊子みたいなものがあって、そこに、「やっぱりサンキュータツオさん偉いなぁ」って思ったのが、その落語熱が強いから、落語好きで好きでしょうがなくって、漫才師になったっていう、こういう人ですから（笑）、凄いねぇ。もう、諸注意から何から落語のいろはが全部書かれている。そこを見て、「細かいなぁ」って思って。最後に凄いのがぁ、「今度はちゃんと寄席に来てください」って書いてあるところに、ぼくはやっぱりこの人は凄いなぁって、ところがあって。だって、自分の会だけ来てくれればいいと思うじゃないですか？ 違うの！ ぼくはあの新宿末廣亭とか、上野鈴本とか、ね、他の寄席に今度は行ってみてねっていう、そういうことが書いてある。で、そんな中の一文にね、ハッと目が留まったんですよ。「何だこれ?!」って、思った、一文があったんですよ。なんて書いてあったか？

「ピエール瀧の音や、お菓子の音は、他のお客様のご迷惑になるから、気をつけてね」

って、書いてある（笑）。ええ？　と、思ったけど、そこでハッと思ったの。そうつまり、サンキュータツオって人は漫才師ですから、そんな真面目なことばかり言いたくない訳。これは芸人の性です。隙あらば、面白いことを言いたいって、そういう体質ですから。ちょうどね、あのときピエールさんがほら、クスリのことで捕まったばっかりのときだったから（笑）、だから、それに引っ掛けたんだと思って。

で、渋谷って街を皆さんどう思いますか？　日本橋界隈と違いますよ。渋谷って街は、駅で降りた途端、皆さんも犯罪に加担しているみたいなもんですから（笑）。街自体、グレーだぜってことです、ハッキリ言って。しかも、円山町なんてね、どれほど危険が迫っているか、分からない訳ですよ。クスリなんてものはもうね、自由に飛び交っている訳（笑）。だから、サンキュータツオさんからすれば、もうクスリをやるのは自由だと、その代わりもう打つなり鼻から吸うなり、周りの迷惑にならないようにやってね。そういう誘いな訳（笑）。

「危ねぇー！」

って、思って、読んでいたらね、全然そうじゃなかった。よぉーく見てみたら、そうじゃない。……なんて書いてあったか？　ピエール瀧の音は、じゃないの。ビニール袋の音や（爆笑・拍手）、お菓子の音は、他のお客様……（笑）、いや、みんな、笑っているけど、家に帰って書いてみてください。〝ピエール瀧〟と、〝ビニール袋〟ってのは、書いて離して見ると、シルエットが同じになります（笑）。もう、四十八年生きて、はじめて気づいたこと、大発見（笑）。

「この男は落語を一席も演らずに、何やってんだ」

って、思っているんでしょ？　皆さん。あたしも、そう思った（笑）。すいません。こんなことを言いながら死んでいきたい男なんです、申し訳ないです（笑）。

『つる』へ続く

即位の礼とスピリチュアル

二〇一九年十月二十五日　イイノホール
柳家花緑独演会 花緑ごのみ Vol.37『あたま山』のまくらより

（花緑が登場する前、弟子がめくりをめくっただけで拍手が起こる）

……他にご意見ございますでしょうか？（笑）。……ありがとうございます。今のは弟子ですから、フライングして拍手した方がおりましたけれど（笑）、まぁ、それはそれで「いいかなぁ」と思いながら、今出てまいりました。本当に足元の悪い中、ようこそお出でいただきました。

今日はね、激しい雨が降っちゃって、それでもねえ、皆さん大変だった方が多いと思いますけれども、……まぁ、でもねぇ、そう言っちゃぁ、お陰様のほうかなと思いますね。雨が段々と弱まっていって、ただ、今、千葉は大変、聞いたら一か月分の雨が今日また降ったって……、まぁ、追い打ちですよ。

でもねえ、なんか凄いですね、令和に入ってなんかいろんなことが、こう、ちょっと激しく起きるじゃないですか？　いろんなことね。でも、この間も凄かったじゃないですか？　即位の礼ですか。陛下の即位礼のときに、何ですか？　まずは台風が消滅するっていう……、あれに驚いたんですけど、それでも「雨が来る」って（報道が）言ったときに、あの、ね？　即位の礼のときに、ぱっと晴れて、あの皇居の上に虹がかかったんですよ……。信じられません。虹は、よくハワイでも出るっていいますけれど、祝福って意味があるって、大変な、……祝福ですよ。

だからみんな大変ですよ。あのネットとかでもうね。「天照大神だ」って言って（爆笑）。そうですよ、もう、岩戸が開いたような、太陽がピカッーという感じで、本当に晴れちゃって、ええ。

まぁ、陛下ってのはねぇ、神主さんの最高の位の方だって聞いてますから、やっぱり神と人とを繋ぐ人ですから、あれはもうなんか分かり易く、「そういう光、降りたぜ」って感じで（笑）、もうスピリチュアル的には最高の日を迎えた訳（爆笑・拍手）。「やったぁー！」みたいな。これが偶然だって言う人がいるとすれば、確率はどのくらいですか？　ね？　あの皇居の上に虹が出来る確率。まぁ、消滅する台風ってのはありますよ、確かに。でも、それが一年間にある台風でどのくらい消滅するのか？　その確率ですよ。ええ、これ計算したら、かなりな奇跡だと思いますよ。それを皆さんね、「はぁぁん」って、のほほんとした顔で生きてますけれど（笑）、アホみたいな顔して生きてますけども（爆笑）、大きなお世話だ。とにかくね、あれは凄いことだとぼくは思いましたよ。

で、その日に富士山が初冠雪ですよ……。凄いね。それで次の日、ピカァーッと、東京からもピカァーッと見えたわけ。それだって人に言わせれば、

「ああ、山でしょ」

って、言う人はいるかも知れないけれど（爆笑）、日本の象徴的な、もう大地も喜んでるぜっていう風に受け止めたわたしを、……皆さんはどう受け止めますか（爆笑）？　なんのこっちゃ（爆笑・拍手）。すみません、本当に優しいお客様でありがたいなぁと思います。

十九号の台風も大変でしたけれど、この節、ずれるのね。低気圧をね、台風の空気が刺激して、これだけ雨が降ったって話ですけれども、これが、台風がもし直撃してたら、今日の会は中止ですよ。これを中止せずに、明日なんか晴れですよ。「日頃の行い」とはよく言ったものです（爆笑）。

……いや、そういうことはよくない。いやいやいや、わたしじゃない、皆さんですよ（笑）。わたしは一人ですから、皆さんが聴く側ですから、皆さんの日頃の行いがよかったんですよ。そうでしょう？　……（拍手）、いやいや、いいですね、この躊躇しなが

ら拍手するところに（笑）、わたくしは、皆さんの謙虚さを感じる訳ですね（爆笑）。人間そうじゃなきゃいけないいな。

「おう！　俺のお陰だ」

って、最初に言わないのね、皆さんね（笑）。「そうかな……、いや、いいかな……、そうかなぁ？」みたいな、このためらいの拍手、堪りませんね。……はい、ありがたいなと思います。そういう皆さんに支えられてこの会が、いよいよ今日もスタートいたしまして、今日と明日演らせていただく訳でございますけれども、毎回申し上げておりますが、二回演る会というのはですね、「どっちを観たらいいか？」って、皆さん思うんですよ（笑）。初日より二日目なんじゃないか？　と、思いますけれども、やっぱりどの業界もそうなんですが、「二落ち」というものがありましてね、初日よかったのに、二日目が悪いってのは、よくあるんですよ（笑）。……はい、だから今日来るってのは最高ですよ（爆笑）。はっきり言いますけど。ただ、明日は違うことを言いますよ（笑）。申し訳ないけど、明日演ったら、

「一回目は、稽古だ」

なんて、いろんなことを言いますけれど、気にしちゃいけません。噺家の言うことはね、もう、話半分で聴くとちょうどいい感じですよ。話三分の一ぐらいでもいいんです

よ、ええ。

特にね。本当にね、今日は大変です。四席、演ろうということなんですけど、まあ、四席が別に何だって訳じゃないんですよ。よくねぇ、四席より五席、六席演ったとかって、あの例えばそれで、「凄い」ってお客様がおっしゃっていただく場合があるんですけど、それでも時間が二時間だったりすると、二時間の内にどれだけ演ったかという話ですから、一席がご存じのように長い噺もあるわけですよ。と、前半後半で、一席ずつしか演んない会だと、「何だ、二席か」と思う人がいてね、そうじゃないじゃないですか？　だってたくさん演ったのにね、それがあの『平林』と『狸』と『寿限無』と『つる』でいいんですか（笑）？　ずぅーっと何か、実のない会話が続いたなぁって印象で、何の感動もなく終わっていく訳ですよね（爆笑）。

だから、それはものの考えようでございまして、やっぱり中身なんですね。今回そういった訳で、四季折々の噺というのを並べてみた訳でございます。令和に入ってね、即位の礼があって本当に、こう、「令和だな」というような時代を迎えた。そういう意味の今秋の最初の会ですから、なんかそれこそ新年を迎えたかのような新たな気持ちですよ。……まぁ、「そうでもない」って空気が、今、蔓延していますけど（爆笑）。あたくしは、同じようなことを五月の一日にも言っていました（笑）。そのときは、「ああ、そうだなぁ」って感じでしたけど、今日になるとまたちょっと違う心持ちみたいですね、皆さんね。

夜七時の会ってのはね、朝起きてから、この夜七時まで皆さんに何があったか？　わたしも分かりませんから、ね。雨でいろいろ不安があったでしょ？　独演会ってのは、多弁症のあたしですからね、気分は最高ですよ。一人で喋る。誰も話しかけてこない。いいですね（笑）。この五百人が黙って聞いてるなんて、信じられませんよ（笑）。誰か何か言いたいことがあるでしょ、そりゃぁ（笑）？「わたしが喋りたい」とか、「ちょっと一言言いたいんだ」とか、「質問コーナーを設けてくれ」とか、いろいろあると思いますけど、そういうことはやりません（笑）。皆さんの選択肢は、そこで聴くか、笑うか、寝るしかないんです。そのどれかをお選びいただきながら、最後までお過ごしいただこうと、こういうことなんですよ。

わたしもお陰様でいろんなところで落語を演らせていただいております。独演会もあれば先輩との二人会みたいのもあって、そういうところだとね、お客様の様子もまた変わりますよ。

この間もね、香川県に行ってきましたけれども、あそこはまた不思議でしたね。何が不思議ってね、日本ではね、あるんですよ、そういうところが、〝あんまり笑わない県〟ってのが（笑）。多分シャイなんだと思いますよね。やっぱり声に出して笑うっていうのは、今日も皆さん慣れていらっしゃるから、スッとお笑いいただけますけれども、そうじゃない県ってあるんですよ。香川県って限定しちゃうと申し訳ないんで（笑）、岡山県もそうです（爆笑）。毎度申し上げていますけど、岡山県ってのはね、シャイな人が集まっているのね、で、聞いたらね、県民性があるって。先走りたくないけど、出遅れたくないって県なんですって。

「先走れないって、どういうこと？」

って、訊いたら、みんなが笑ってから笑おうと思っているから笑わない。誰かうっかり笑っちゃったら、

「ああ、笑った！」

って、今度は遅れちゃいけないと思って、

「アハハハハハ」

って、笑いだす訳です。……はい、だからそういう県ってあるのね。そこへ行くとね、静岡県とか面白いですよ、本当によく笑ってくれて。静岡県は横に長い県ですよね？　そりゃぁ、浜松のあっちの先から、こっちの熱海から全部静岡県ですけれども、どこで演ってもね、本当に、「えっ！　こんなに毎回、落語会で笑ってんの？」ってい

う感じの反応のよさですよ。もうここと同じくらいですよ（笑）。静岡県民ってね、素晴らしいですね、やっぱり陽気がいいところはいいですかね？　暑さと寒さと湿度とかなんかがちょうどいい感じは、人間もいい感じに育つ（笑）。『ちびまる子ちゃん』が育ったなあ——みたいな感じがするんですよ（爆笑）。そういうのは噺家に出ますね。清水で生まれた昇太師匠とか、ああいう感じでしょ（笑）？

その辺でわたしもいつもお仕事していたい感じがします。でもそうはいかないんで、全国頼まれたところに行くのが仕事ですから、だから北は北海道も行きますよ。北海道は、勿論、札幌で演れば、網走でも演ってるのは、結構お馴染みでお越しになった方は殆どいないと思いますけれども、もう何年演ってんだ？　十九年ぐらい演っているのかな？　大変ですよもう、一年に一回とはいいながら、十九年間も同じ落語家が演ったのは、町で初めてなんですって。しかも、刑務所にも行かないってのは、初めてなんですって（笑）。落語会へ行ってて、最終的に網走刑務所に入っちゃったらねぇ（笑）。

「縁があったんだね」

って、そんなことは誰も言いませんよ（笑）。そういうことがあっちゃいけないんです。脱税して一億何千万を七年間でね（笑）。払ってなかったとか、そういうことしちゃいけません、皆さん。本当ですよ。わたしなんか、それほど儲けてもないしね。

いろんなニュースがありますからね……、皆さん不安ですよね？　この人は今日、四席も演るって発表しているのに、いつ噺に入るんだろうって（爆笑）、思っている頃じゃないかと、思っているわけです（笑）。こんなまくらとは言えない雑談をして終わったら、どれほどいいかと（笑）、わたくし、今、思っている初日を迎えております。一席目から『あたま山』演ろうなんて、気が○ってますよ、今日ね（笑）。自分でもおかしいと思いますよ。でもね、この噺が好きなんですよ。実はね、言っちゃいけない話かな？　今度、実は、ある飛行機会社の録音でこれを演るんですよ。『あたま山』をね。

……いやいや、だからこれを稽古しようと、そういう話じゃないですよ（爆笑）。ちょっと誤解があるといけないから、今日は稽古って、そういうことじゃないよ（笑）。本番よ、勿論。たまたま、被ってんのよ（笑）。来週収録するんだけれども、この時期に『あたま山』をね、録音で出すっておかしいじゃないですか？　ところがね、そこは、

「過去二年間演っている演目は、全部避けてくれ」

って、言うんですよ。そうしたらね、随分、いろんなネタを演ってんだこの会が、もの凄く何百席も出てて、このネタを避けてくれって言うんですよ。で、演るもんない訳。

（会場からアハハハ）

「アハハ」じゃないんですよ。……でも、ありがとうございます（……爆笑）。笑っていいよね（笑）。笑いたいよね。そうなんですよ。びっくりしてね。で、ないものを見つけたら、もう『あたま山』ぐらいしかない訳よ。それで、……演る訳、『JAL名人会』、言わなくていいですね（……爆笑）。そういうことです。演りますよ、ね？　この噺は、ケチな人が主人公ですね。で、ケチな人ってのは笑いの材料になる。よく我々そう言ってますね。こういうところへね、お越しになるのにね、お金を出して笑おうって人はね、なかなかいないって話ですよ。だから、ケチな人は誰もいないってことになっている訳ですね。

で、噺のほうに出てくるケチな人っていうのは、ちょっと偏りがある、極端ですよ、そりゃね、誇張されているというか……。入ってくるものは嬉しい。出すものを嫌うってことですよ。だから、極端に便秘なの（笑）。トイレに行くんだけど、出てくるといつも、もの悲しい感じでね。もっと酷いことになると、息を吸うのはいいけど、吐くのは嫌だってことになってくる。こうなるとかなり異常ですよ。生命の危機がそこにありますからね。仕方がない。吐くんだけど、吐くときは、そっと吐いてるってんで、この人の気持ちがここに現れるわけですよ。

江戸にケチ兵衛さんという人がおりました。これも不思議な名前でね。ええ、親が付けたのか？　自分から名乗ったのか？　何だか分かりませんけど、名は体を表すってなもんで、筋金入りのケチでございますね。で、こういう人はね、家の中も汚いのね。物が捨てられないってことだから、物を持ってないのかっていうと逆でね、たくさんあるんですよ。汚部屋（おべや）みたいになっちゃって、だからこんな人は当然独り者ですよ。所帯を持とうなんていうと、無駄があるんじゃないかって、どんどん小さくなっていっちゃう。だから、なんかお金を払うのも嫌いですよ。

このケチ兵衛さんは。一人でじぃっとしているけれども、春先になって桜（はな）が咲く。この桜の花を見るのが、タダだからってんで表へ飛び出して……。

「はっはっはぁー、いやぁー、咲いたぁ。へぇ、満開だ。綺麗だね、これ。ああ、やってる。お花見だぁ。ははん、呑んだり食ったり、まあ、呑んだり呑んだり、食ったり食ったり、で、誰も花を見ていないね（笑）。『花見』ってんだからね、花を……」

『あたま山』へ続く

初めての落語

二〇一九年十月二十六日　イイノホール
柳家花緑独演会 花緑ごのみ Vol.37『目黒のさんま』のまくらより

　本当に今日はお越しいただいて、ありがたいなぁという気持ちでいっぱいでございます。毎度お越しいただいているお客様もいれば、今日、初めてって方もいらっしゃるでしょうし、他の落語家が実は好きなんだけど……（笑）、来てみたっていう人もいらっしゃると思います。普通は前座さんがいたり、ちょっと色物さんが入ったりと、もうちょっとバラエティに富んでお楽しみいただこうということなんですけど、多弁症なもんですから（笑）、いっぱい喋りたいもんで（笑）、わたししか出ない会というのが、この『花緑ごのみ』という独演会になっております。まだ喋るのか？　ってな感じですけども、まだ半分しか終わっておりません、皆さん（笑）。もう十分ことが足りて、皆さんは帰りたくなった気持ちがあるかも知れませんけれど、ここからでございますよ。

　もうねえ、古典落語を演ってますとね、何度も何度も同じ作品を繰り返し演りますから、そうするとね、たまにお叱りを受けるんですよ。

「また、あの噺か」

と、……（笑）。「他に知らないのか？　落語を」なんてね（笑）。……そういうお客様はね、……死ねばいいと思ってます（爆笑・拍手）。もう我々、落語家にとってよいお客様は何かと言うと、落語を聴いて、「ああっ！　この噺、はじめて！」なんて言って、うわぁーっと盛り上がって、散々笑ってオチを言った時点で、「あはぁん、知ってたぁ！」って、こういう人が最高です（爆笑・拍手）。

こういう人を増やしたい。芸人に喜ばれます。「あの人は、また来たよ！　嬉しいねぇ」なんて言って、楽屋で評判になりますよ。そういう人を一人でも増やしていこうと、……だからね、ウチの祖父の小さんは言ってましたよ。やっぱり同じ噺をするのは、気がさすのか言うんですね。

「（五代目小さんの口調で）何度も同じ噺を聴けるというのは、今日までご壮健であればこそでございますから（笑）、そのつもりでお諦めを……」（笑）

ってなことを言って、いつもの『親子酒』に入るというのがパターンでございました。まあ、あの落語というものは、本当に比較をされる芸でございます。そりゃぁ、ラーメンを好きな人が、いろんなラーメンを食べ歩いて、「俺はここの味が好きだな」というのと一緒ですから……。一向にそれで構わないんですけどね。そりゃぁ、大変ですよ。亡くなった人とかと、ずぅーっと比較される……。で、新しく出た人と比較されて、ずっと中間管理職みたいな（笑）。プレッシャーがかかりながら、生きるというのが我々で（笑）、これはもう古典芸能の宿命ですから、それに今更驚いたりはしない訳でございますね。

お客様はね、どうかすると、はじめて聴くとね、はじめて聴いたその人が親になりますから、ここですよね、〝出会い〟というのはね、皆様とわたしとのね。最初に小三治を聴いちゃったら、絶対花緑の会には来ない（笑）。そういうもんですよ。わたしだって行くもん、小三治師匠の会だったら。……何の話ですか（爆笑）？

でもね、縁があってはじめての落語の入り口がわたしだったりすると、お陰様で、

「いやぁ、花緑さんがいい」

って、言ってたのに、次の月に喬太郎さんのところに行っちゃうってのがあるんですけど（爆笑・拍手）、そういうことで驚いちゃいけない（笑）。それも現実として、ぐっと受け止めながら演るのですよ（笑）。何で幕開け愚痴から入るのか、自分でも分かりませんが……。誠に申し訳ありません。

眩しい理由

サンキュータツオ（漫才師／日本語学者）

「ピエール瀧の音」でおなじみのサンキュータツオです。いや、厳密には「ビニール袋の音」ってちゃんと書いてますからね！　落ち着いて考えるに、この読み間違えたという話は、現象としてはなにも起こってないんですよ。ただ花緑師匠が読み間違えたという話なのに、「私、読み間違えまして」というのを最初に言わずに、漫才師でもあり落語会をやっているという、説明の難しい存在の私タツオを見事に説明しながら自然に「ピエール瀧」と注意書きに書きそうな人として演出しているわけです。一度お客さんは納得して、それが単なる「読み間違い」だと教えられる。自分のおっちょこちょいな話でさえ、この「納得」の作業を挟むことで、それに一度乗せられたお客さんごと可笑しさは倍増する。そう、これはお客さんと一緒につくっていくドキュメントなのです。そしてその体験は、いまこの本を読み終えたみなさんも味わったのではないでしょうか。

落語というと、「演者によって違うというのもわかるけど、それでも大まかなストーリー決まってるんでしょ?」と思っている人がいるかもしれませんよね。でも、そうじゃない。読み間違いもするし、言い間違いもあるし、お客さんもうかうか安心して聞いてちゃダメですよ、と一緒に落語の一席を作り上げていく仲間にしていく。音や映像でみるのではなく、生の落語にはこの「外側の人ではない当事者意識」、言葉を変えれば演者と観客の共犯関係のようなものがあって、それが醍醐味なのだと花緑師匠の落語はうったえてきます。そしてなにより、それを先導している花緑師匠がだれよりも明るい。それはこうして文字にしても伝わってくるからすごい。

冷静に考えてみてください。「高倉健、森光子、森繁久彌ってみんな同じ日に死んだんだよ」だけだと、単に「へー」となるだけです。でも一度読み返してみればわかりますが、「名優は十一月十日に亡くなる」ルールをそこから引き出して、さらに名優をみたら「あの人は十一月十日に亡くなる」という予言にまでもっていきひと笑い、さらに数字で繋げて高倉健の八十三歳を分解してさらにひと笑い、その先に「これより二つ目、柳家小さん」の話へと展開する。しかもその話がちょっと良い話になってるんです。ここまで手玉に取られると気持ちいいですよね。

私は、無謀にも五年ほど前から落語会の番組編成の仕事を引き受けて、しかも「初心者向け」ってうたっちゃってる、演者からしてみたら可愛くない落語会をやっているので（当然、すべての落語会が初心者向けなのですが、生まれてはじめての人に検索してもらえるように敢えてそう標榜しています）、もうこの落語会にくるお客さんは、落語と触れるのが生涯この一度きりになるか、それとも定期的に聴いてくれるお客さんになるのかの瀬戸際に立っている人が多いです。そういう人をしっかりと繋ぎとめるのは、いきなり江戸の話を始めるファンタジーな存在ではなく、おなじ現代人が喋っていると最初にリアルに感じさせてくれる存在です。そうなると、花緑師匠はこの会にはピッタリなはずです。

とはいえ花緑師匠、もちろんお忙しいですから滅多やたらに出てくださいと声をかけられる人ではありません。しかし、花緑師匠のお弟子さんを見ていくと、彼らはみんな落語とちゃんと向き合って、個性を伸ばし、師匠が好きでたまらない様子が伝わってきます。そして彼らひとりひとりが、花緑師匠そのものであることもわかるのです。なぜ自分はつまずいたのか、その原因を知ろうと努力した人にしか、人のつまずきは見抜けませんし、指導できません。花緑師匠は、いかなる個性のお弟子さんにもそれができているのです。花緑師匠に稽古をつけてもらった他の一門の若手でさえ、落語観が変わったと言います。

つまり、彼らを見ているだけでも、師匠がどれだけつまずく経験をしてきたか。デビューから注目されるやりにくい立場にいながら、恥をかいて当たり前とばかりにトライ&エラーを繰り返してきたか。その道のりを想像せずにはいられません。しかし、師匠は今日も明日も、笑顔で、だれよりも楽しそうに、落語を語るのです。その姿が眩しい。その、常に壁を乗り越え続けてきた師匠を、どうしても生まれてはじめて落語を体験する、という人に聴いてもらいたくて、ガマンできずにお声をかけた次第なのです。そのときの高座の様子も本書に収録されているのは感慨深いです。いままでの落語の歴史や文脈を知らない人にどこまで通じるのか。花緑師匠は常に「今」が最高なのでそれを見たいです。ヨイショではないです。この意味は、この本を読めばわかりますよね。

「我々は別に、十人だろうが二千人だろうが、変わらないことしか出来ない」

本文中にサラッと出てきた言葉ですが、皆さんお気づきでしょうか。これは「落語だからおなじセリフを言うだけ」という意味では決してありません。「相手が何人でも全力を尽くすし、その準備をしてここに来ている」という意味です。これは極論でもなんでもなく、師匠はそういう人です。千人いるから今日は失敗できない、とか、二人しかいないから手を抜いてやってみようとか、そうではないのです。しかもそれが義務とかではなく、喋るのが好き、だれかと共感したい、人を喜ばせたい、という初期衝動でずっとここまで来ているからすごいんだと思います。こういう人は最強です。だれにどう思われたっていい、自分の道を突き進む！という覚悟ができているからです。

多弁症でスピリチュアルな話もする。そういう人がもし暗かったら疾患や不思議な話全体が、ネガティブでいけないもののようなイメージを持ちますよね。でも、それを公言している人が明るいから、世の中が少しずつ変わっていく。不思議な話は白黒つけては野暮だし、そもそも落語家は怪しげな話もするんです。それが魅力的でさえあればいいのです。学習障害も多弁症も、そんな言葉がない時代から存在していました。しかしそれをカミングアウトしてくれた花緑師匠が世の中を楽しく解釈して明るくしゃべってくれるから、世界も多様性を受け入れられる準備ができる。そう、落語の世界や寄席の世界のように。

だから、この本を読んで少しでも身体が軽くなったとか、世界が明るく見えたとか、思わず笑っちゃったって人は、どうか花緑師匠の落語を聴きに行ってください。生で。日本中飛び回ってますから。これだけのまくらを語る花緑師匠が、心の底から楽しいと思っている落語の世界が、この後に続くんです。できれば、最初に花緑師匠を聴いてほしいなと思ってます。

柳家花緑 特選まくら集
多弁症のおかげです!

2020年4月2日　初版第一刷発行

著 ……… 柳家花緑

編集人 …… 加藤威史

構　成 …… 十郎ザエモン
協　力 …… 藤井青銅
丸山真保
ミーアンドハーコーポレーション
装　丁 …… ニシヤマツヨシ

発行人 …… 後藤明信
発行所 …… 株式会社竹書房
〒102-0072 東京都千代田区飯田橋2-7-3
電話 03-3264-1576（代表） 03-3234-6381（編集）
http://www.takeshobo.co.jp

印刷・製本 …… 中央精版印刷株式会社

ISBN 978-4-8019-2216-7
Printed in JAPAN